일본문학 총서 5

에도가와 란포江戸川乱歩

호반정사건湖畔亭事件

호반정 사건 湖畔亭事件

에도가와 란포 江戸川乱歩 지음
이성규·오현영 옮김

도서출판 시간의물레

◼ 저자 소개

에도가와 란포(江戶川乱步)[1894년(明治 27년) 10월 21일~1965년(昭和 40년) 7월 28일]는 일본의 추리소설가, 괴기·공포소설가이며 편집자로서 본명은 히라이 다로(平井太郞)이다. 1894년 10월 21일, 미에(三重)현(県) 나바리(名張)시(市)에서 히라이 도키쿠(平井繁男)의 장남으로 출생하고, 2세 때, 아버지의 전근으로, 스즈카군(鈴鹿郡) 가메야마초(亀山町), 다음 해 아이치(愛知)현(県) 나고야(名古屋)시로 옮긴다. 이후 어른이 되어서도 이사를 반복해서, 평생 46회 이사했다.

초등학교 때 어머니가 들려준 기쿠치 유호(菊池幽芳) 역(訳)『비중지비(秘中の秘)』(윌리엄 르 큐 원작)가 탐정소설을 접한 최초의 경험이었다. 중학교에서는 오시카와 슌로(押川春浪)나 구로이와 루이코(黒岩涙香)의 소설을 탐독했다. 구제(旧制) 아이치(愛知)현립(県立) 제5중학교를 졸업한 후, 와세다(早稲田)대학 정경학부에 입학한다. 중학생 때에 구로이와 루이코(黒岩涙香)의『유령탑』등의 작품에 열중한 이후, 구미의 미스터리 작품을 탐독하고, 펜네임은 그가 경도된 에드거 앨런 포(Edgar Allan Poe)에서 유래된다. 대학 재학 중에 걸작 처녀작『화승총(火縄銃)』을 집필하여, 하쿠분칸(博文館)의 잡지『모험세계(冒險世界)』에 투고하지만, 게재는 되지 않았다.

대학 졸업 후는 무역상 사원, 도바(鳥羽)조선소 전기부에 취직한다. 서무과로 배속되었는데, 기사장의 마음에 들어, 사내 잡지『니치와(日和)』의 편집과 아이들에게 옛날이야기를 들려주는 모임을 여는 등, 지역 교류의 일을 맡게 된다. 이 회사는 1년 4개월 만에 퇴직하는데, 이 시기의 경험이『지붕 밑의 산책자(屋根裏の散歩者)』(1926년),『파노라마섬 기담(パノラマ島奇談)』(『신청년(新青年)』에 1926년에서 1927년에 걸쳐 연재되었다)의 참고가 되었다고 한다. 그리고 헌책 장사, 도쿄시 직원, 포장마차의 중국 메밀 가게 등 각종 직업을 전전한다.

1923년에, 모리시타 우손(森下雨村)과 고사카이 후보쿠(小酒井不木)의 격찬을 받아,『니센도카(二錢銅貨)』가『신청년(新青年)』4월호에 연재됨으로써 작가로 데뷔한다. 본격적인 암호 해독을 트릭으로 삼은 본 작품은, 일본에 근대적인 추리소설을 확립한 기념비적인 작품으로 평가받는다.

데뷔작인 『니센도카(二錢銅貨)』 이후는 어디까지나 겸업의 취미라는 범주로서 산발적으로 단편소설을 집필하는 데에 머물렀다. 1925년, 모리시타(森下)의 기획으로 『신청년(新青年)』에 6개월 연속 단편을 게재함에 따라, 두 번째 작품인 『심리시험(心理試驗)』이 호평을 받고 이것을 계기로 단호한 결심을 하게 되었다고 서술하고 있다. 이것으로 회사를 그만두고 소설가 하나만으로 살아가는데, 탐정소설가로서는 일찍 침체 상태에 빠져, 연속 게재 여섯 번째 작품에 해당하는 『유령(幽靈)』(1925년 5월)은 스스로 형편없는 작품이라고 평하고, 소설가가 된 것을 후회했다고 한다. 그러나 모리시타(森下)의 소개로 『사진(写真)호치(報知)』나 『구라쿠(苦楽)』에도 게재하게 되어, 탐정소설 전문지인 『신청년(新青年)』에는 실리지 못하는 통속적인 작품 집필로 생계가 안정되었다.

그 후, 『인간의자(人間椅子)』(1925년), 『D비탈길의 살인사건(D坂の殺人事件)』(1925년), 『지붕 밑의 산책자(屋根裏の

散歩者)』(1926년) 등, 독창적인 트릭과 참신한 착상에 의한 단편과 『호반정(湖畔亭) 사건』(1926), 『파노라마 섬 기담(パノラマ島奇談)』(1926-1927), 『잇슨보시(一寸法師, 난쟁이)』(1926-1927), 『음험한 짐승(음수; 陰獣)』(1928) 등의 중장편을 집필하는 한편, 『오시에(押絵)와 여행하는 남자』(1929년), 『고도의 도깨비(孤島の鬼)』(1930년)과 같은 환상적인 괴기 취향의 명편(名編)을 발표했다. 그러나 1930년 전후부터 창작력의 고갈을 느끼며, 몹시 강렬한 서스펜스를 무기로 한 『거미남자(蜘蛛男)』(1929년), 『황금가면(黄金仮面)』(1930년) 등의 통속 스릴러로 전환하고, 또 다른 한편으로는, 『괴인(怪人) 이십면상(二十面相)』(1936년)와 같은 아동물을 써서 갈채를 받았다. 중기의 본격적인 작품으로 간주되는 『석류(石榴)』(1934년)으로, 제2차 세계대전 중에는 사실상 집필 금지 상태에 놓였다.

제2차 세계대전 이후는, 추리소설 분야를 중심으로 평론가나 연구가, 편집자로서도 활약했다. 전후에는 『게닌겐기(化人幻戱)』(1954년)와 같은 장편도 썼지만, 란포(乱歩)의 정열은 창작보다도 오히려 추리소설의 보급과 후배 양성, 연구와 평론으로 향해지고, 1947년에 탐정작가클럽의 초대회장이 되고, 1954년 환갑을 기념하여 신인 발굴을 목적으로 한 '에도가와란포 상(江戶川乱歩賞)'을 설정하고, 란포의 기부로 창설된 '에도가와란포 상(江戶川乱歩賞)'이 추리작가의 등용문이 되는 등, 후세에도 커다란 영향을 미쳤다. 자신도 실제로 탐정으로서, 이와이 사부로(岩井三郎) 탐정사무소에 근무한 경력도 있다.

전후에도, 대중은 란포(乱歩)의 '본격적인 것'보다도 '변칙적인 것'을 지지하고, 작가로서도 일본·해외를 불문하고 기출의 트릭이 있는 본격 추리가 경멸되었기 때문에, 란포(乱歩)뿐만 아니라 변칙적인 것이 중심으로 집필되었다. 동시기에 다수 발표된 장편 탐정소설 중에서, 전후 지속적으로 재간된 것은 란포(乱歩)의 작품뿐이다. 공전의 리바이벌이 된, 요코미조 마사시(橫溝正史)조차, 제2차 세계대전 이전의 장편은 몇 개를 제외하면 일시적으로 재간되었을 뿐이다. 그리고 추리소설(미스터리)의 틀에 머무르지 않고, 괴기·환상문학에서 존재 이유가 있다. 란포(乱歩)의 엽기·비정상적인 성애(性愛)를 그린 작품은 후일의 관능소설에 다대한 영향을 남겼다.

1963년에는 일본추리작가협회의 초대 이사장에 취임했다. 추리소설의 창작 이외에 평론집 『환영성(幻影城)』 정편(1951)·속편(1954), 자전적 에세이집 『탐정소설 40년』(1961년)이 있다.*

---

* 이상은 日本大百科全書(ニッポニカ)「江戸川乱歩」의 해설
https://kotobank.jp/word/%E6%B1%9F%E6%88%B8%E5%B7%9D%E4%B9%B1%E6%AD%A9-14570 フリー百科事典『ウィキペディア(Wikipedia)』
https://ja.wikipedia.org/wiki/%E6%B1%9F%E6%88%B8%E5%B7%9D%E4%B9%B1%E6%AD%A9에서 인용하여, 적의 번역함.

■ 역자 머리말

『호반정사건(湖畔亭事件, 고한테이지켄)』은 일본에서 추리소설 작가로 명성이 자자한 에도가와 란포(江戸川乱歩)가 저술한 중편 추리소설을 번역한 것이다.

본 역서의 원 저본은 1926년 1월 3일~5월 2일까지 오사카마이니치(大阪毎日)신문사에서 발행하는 『선데이 마이니치(サンデー毎日)』에 연재된 작품이다. 그리고 본 역서는 고분샤(光文社)에서 2004년에 발행한 에도가와 란포 전집 제2권 『파노라마 섬 기담(パノラマ島綺譚)』에 기반을 둔, 인터넷 도서관 아오조라(青空)문고에서 제공하고 있는 인터넷 파일을 번역 대상으로 삼았다.

『호반정사건(湖畔亭事件, 고한테이지켄)』은 에도가와 란포(江戸川乱歩)의 통속물로 불리는 장편 중에서 최초 작품이다. 그리고 같은 시기에 『파노라마 섬 기담(パノラマ島奇談)』(1926-1927)과 『잇슨보시(一寸法師, 난쟁이)』(1926-1927)가 집필되었다.

주인공인 '나'는 요양을 위해 호수 근처에 세워진 '호반정(湖畔亭, 고한테이)'이라는 여관에 체재한다. 주인공은 렌즈나 안경을 이용한 장치를 통해 남을 들여다보는 습관이 있다. 호반정에서도 탈의장에 그 장치를 설치해놓고 자기 방에서 즐기고 있었다. 그런데 어느 날 그 장치를 통해 여성이 누군가의 칼에 찔려 쓰러지는 장면을 보게 된다. 내가 방을 나와 목욕탕으로 가는 도중에 커다란 트렁크를 든 남자 2명이 여관에서 출발하려는 것과 조우한다. 그가 목욕탕에 도착하자 그곳에는 아무도 없고 여성이 쓰러진 흔적조차 없었다. 다음 날 호반정에서 친해진 고노(河野)와 함께 진상을 조사하기 시작하는데 목욕탕에서 혈흔을 닦아낸 흔적을 발견하고, 그 후 여관에 왔던 기생 초기치(長吉)의 행방이 묘연해지면서 경찰은 수사에 착수한다. 경찰은 전날 밤 호반정을 떠난 남자 2명이 수상하다고 여기고 그들의 행방을 쫓는다. 밤이 되고 나서 주인공 나와 고노는 '들키지 않고 남을 들여다볼 수 있는 장치'를 회수하고, 수풀 속에는 이상한 사람을 발견하여 고노가 그 뒤를 쫓아가지만 그만 놓치고 만다. 다음 날 아침 나는 수상한 사람의 발자국을 찾으러 숲으로 들어갔는데, 거기에서 목욕탕 지기인 지능이 낮은 산조(三造)를 만난다. 저녁 무렵 나는 초기치(長吉)를 잘 알고 있는 기생 시메지(〆治)를 불러 질문을 통해서 트렁크를 든 남자들이 여관에 있는 동안 초기치(長吉)를 자주 불렀다는 것과, 마쓰무라(松村)라는 남자가 초기치(長吉)를 좋아했는데 그녀가 싫어했다는 것 등을 알게 된다. 며칠 후 나는 고노 방에서 마을 주재소 경관과 이야기를 나누는 과정에서, 호수 건너편 마을 사람들로부터 화장터에서 나는 냄새가 났다고 들은 것을 알게 된다. 이들은 산조를 범인으로 지목하고 잡으러 갔으나 산조는 이미 모습을 감추고 말았다. 그 후 경찰 수색 결과 산조가 벼랑에서 떨어져 죽은 것으로 발견되고 범인 사망으로 사건은 일단 해결된다. 그 후 나와 고노는 호반정에서 나와 귀로에 오르는데 도쿄로 향하는 열차 안에서 고노의 가방 속에서 다량의 지폐 다발과 주사기가 발견되면서 사건이 새로운 전개를 맞이하게 된다. 고노가 사건의 전말을 털어놓으면서 일단락된듯하다가 반전을 거듭하면서 추리의 묘미를 더해가게 된다.

역자(이성규)는 지금까지 일본어 관련 분야에서 주로 일본어학, 일본어교육을 중심으로 연구해왔으며, 얼마 전부터는 일본어 구어역(口語譯) 성서의 언어학적 표현에 주목하여, 일련의 결과를 사회에 제출한 바 있다. 일본어 성서를 한국어로 옮기는 기초 작업을 통해, 성서라는 공통점이 지니고 있음에도 불구하고, 양 언어의 성서 사이에는 유사점도 무론 있지만, 상이점 또한 존재한다는 사실이 극명하게 드러났다. 그동안 번역은 언어학 분야의 작업 아니라는 지론을 견지했는데, 성서 연구를 통해 번역이 고도의 언어학적 고찰에 기초하여 윤문(潤文)에 있어서 신중한 접근이 필요하다는 것을 깨닫게 되었다.

역자들은 '번역에 있어서의 새로운 지평을 연다'는 입장에서 번역에 참여하고 있다. 이것은 극히 오만한 태도로 투영될 수 있기에, 언어학적 분석이 선행된 철저한 본문 비판을 통해, 원저자의 의도를 반영하자는 소박한 생각으로 접근했다는 점을 분명히 밝히고자 한다.

역자 이성규와 오현영은 본문 비판, 윤문 번역, 주, 해설에 관해 의견을 나누고 검토했다. 그리고 본문의 일부 어휘 및 표현에 관해서는 인하대학교 대학원 박사과정 일본어학 전공의 나카무라 유리(中村有里, 인천대학교)님의 다대한 조언을 받았기에 감사의 뜻을 표한다.

특히 일본어는 한국어에 비해 상대적으로 언어형식이 분화적인 면이 있고 분석적인 표현이 주를 이루기 때문에, 한국어로 그것을 그대로 옮기면 부자연스럽거나 용장감(冗長感)을 지울 수 없다. 그렇다고 해서 한국어 표현에 지나치게 방점을 둘 경우, 일본어의 생생한 어감을 제대로 살리지 못하며, 또한 일본어에서는 구별하여 사용하고 있는 미세한 감정 표출을 언어화할 수 없다. 번역에 있어서 먼저 치밀한 본문 비판에서 출발해서, 당해 작품에 대한 언어학적 분석을 거친 연후, 그에 상당하는 어휘와 표현을 결합하는 것이 중요하다고 판단한다. 지금 언급한 내용은 실은 이상적인 과정인지라, 과연 본 역서가 이에 부합하는지는 독자의 판단이라고 사려된다.

2022년 11월 1일

역자 이성규(李成圭) / 오현영(吳晛榮)

저자 소개 : 에도가와 란포(江戸川乱歩) / 4
역자 머리말 / 10

호반정 사건(湖畔亭 事件) ································· 17

호반정 사건
湖畔亭 事件

1.

독자 여러분께서는 몇 해 전 H산중의 A호수 주변에서 일어난 정말 이상한 살인사건을 기억하고 계십니까? 두메산골에서 발생한 사건이면서도 이것은 수도의 여러 신문에도 보도가 될 정도로 괴이한 사건이었습니다. 어떤 신문은 'A호반의 괴사건'이라는 표제어로, 또 어떤 신문은 '사체 분실 운운'이라는 엽기적인 표제어로 상당히 크게 이 사건을 대서특필했습니다.

신중한 독자 여러분께서는 아실지도 모르겠습니다만, 바로 이 'A호반의 괴사건'은 5년 지난 지금까지도 끝내 해결되지 못한 채로 있습니다. 범인은 물론 괴기하게도 피해자조차도 실은 확실히 알지는 못합니다. 경찰에서는 이제는 해결할 가망성이 없다고 단념하고 있습니다. 바로 호반 마을 사람들조차 그렇게 소란을 피웠던 사건을 어느 사이엔가 잊어버린 같이 보입니다. 이런 상황이라면 사건은 영구 수수께끼로 영원히 미해결인 상태로 남아 있겠지요?

그런데 여기에, 넓은 세계에 단 두 사람만이 그 사건의 진상을 알고 있는 사람이 있습니다. 그리고 그 중의 한 사람은 이렇게 말하는 제 자신입니다. 그럼 왜 더 빨리 그것을 발표하지 않았느냐고 독자 여러분께서는 저를 책망하실 지도 모릅니다. 하지만 그것에는 깊은 까닭이 있습니다. 먼저 제가 털어놓는 이야기를 끝까지 들어주시기 바랍니다. 그리고 제가 지금까지 얼마나 참고 견디며 침묵을 지켰는가를 양찰해 주시기 부탁드립니다.

2.

 그럼 본론에 들어가기에 앞서, 저는 일단 제 자신의 특이한 습성에 관해 또 제 자신이 '렌즈광(狂)'이라고 불리는 하나의 도락에 관해 말씀드려 두겠습니다. 독자 여러분께서는 상사(常事)로서 이 이상한 사건이라는 것은 도대체 어떤 일인가? 그리고 이것이 결국 어떻게 해결되었냐? 고 뒷이야기를 재촉하십니다만, 이 한 편의 이야기는 먼저 지금 말한 제 이상한 도락으로부터 설명해 나가지 않으면, 너무나도 이상 야릇하고 믿기 어려운 것이 되어 버리고 게다가 저로서는 자신의 이상한 습성에 관해서도 조금 상세히 이야기하고 싶습니다. 부디 잠시 동안 치인(痴人, 바보)의 넋두리라도 듣는 셈치고 저의 부질없는 신상 이야기를 하는 것을 용서해 주시기 부탁합니다.

 저는 어릴 때부터 어째서인지 참으로 음침하고 소극적인 남자이었습니다. 학교에 가도 재미있게 놀러 돌아다니는 동급생들을 구석 쪽에서 쌀쌀하고 미워하는 눈초리로 부러워하는 듯이 바라다보고 있다가, 집에 돌아오면 돌아왔다고 해서 이웃 아이들과 노는 것도 아니고 내 방에 할당된 별채의 '요조한(四畳半)'[1]짜리 방에 홀로 틀어박혀, 어릴 때는 여러 가지 장난감을 조금 크고 나서는 앞에서 말한 렌즈를 사이가 좋은 친구인 양, 유일한 놀이 상대로 삼고 있었습니다.

저는 얼마나 별나고 섬뜩한 아이였을까요? 이런 무생물의 장난감에 마치 생명이 있는 것처럼 말을 거는 적도 있었습니다. 때로는 그 상대는 인형이거나 이누하리코(犬張子)[2] 이거나 슬라이드 속의 각종 인물이거나 한결같지는 않지만, 연인에게 말이라도 거는 것처럼 장황하게 상대의 말도 대변하면서 대화하고 있었습니다. 어느 때 그것을 어머니가 듣고서 몹시 꾸지람을 들은 적도 기억하고 있습니다. 그때 무슨 연유인지 어머니 얼굴이 이상하게 새파래져서 저를 꾸짖

---

1) 요조한(四畳半) : 四畳半(よじょうはん)은 일본 가옥에서, 다다미 넉 장 반을 깔 수 있는 넓이(2.25평)의 네모진 방, 또는 다다미 넉 장 반을 깔 수 있는 크기(2.25평)의 방의 배치를 가리키기도 한다.

2) 이누하리코(犬張子) : 개가 서 있는 모양을 한, 종이로 만든 장난감. 개는 새끼를 쉽게 많이 낳는다고 해서, '자식·안산(安産)'의 부적으로 예로부터 애용된 인형이다.

으면서도 어머니의 눈이 겁을 먹은 듯이 크게 뜨고 있던 것을 어린이 마음에도 이상하게 생각했습니다.

그것은 차치하고, 제 흥미는 일반 완구에서 슬라이드로, 슬라이드에서 렌즈 그 자체로 점점 시간이 지남에 따라 변해갔습니다. 아마 틀림없이 우노 고지(宇野浩二)[3] 씨였는지도 모르지만 어딘가에 썼는데, 제가 역시 벽장의 어두운 곳에서 슬라이드를 비치는 어린이였습니다. 바로 그 아주 캄캄한 벽 위로 악몽처럼 농후한 색채의, 그렇다고 해서, 햇빛 등과는 전혀 다른 별세계의 광선으로 갖가지 그림이 나타나는 기분은 뭐라고도 표현할 수도 없이 매력이 있는 것입니다. 저는 식사도 뭐도 잊고 그을음 냄새나는 벽장 속에서 이상한 대화를 중얼거리면서 종일 슬라이드 그림을 넋을 잃고 보는 적도 있었습니다. 그러다가 엄마한테 들켜서 벽장에서 끌려나오면 뭔지 이렇게 감미로운 꿈의 세계로부터 불길한 현실 세계로 다시 돌아오게 된 것 같은 생각이 들어서 차마 말로 설명할 수 없는 불쾌감을 느꼈던 것입니다.

---

[3] 우노 고지(宇野浩二)[1891-1961] : 소설가. 자연주의 영향하에서 서민성과 유모를 지닌 독특한 작풍을 보인다. 패전 후에는, 중후하고 사실적인 작품을 발표했다.

제 아무리 슬라이드에 미쳐 날뛴 저였지만, 심상소학교(尋常小学校)4)를 졸업할 무렵에는 조금 창피해졌는지, 더 이상 벽장에 들어가는 것을 그만두고, 비장의 환등기도 어느결에 부숴버리고 말았습니다. 하지만 환등기는 부서져도 렌즈만은 남아 있습니다. 제 환등기는 보통 장난감 가게 앞에 있는 것보다는 훨씬 고급의 대형 기계이고 따라서 렌즈도 직경 두 치(약 3.03cm) 정도의 두께가 꽤 되는 무거운 것이었는데 그것이 두 개 문진 대신 쓰이거나 해서 그 이후에도 죽 제 공부하는 책상 위에 놓여 있었습니다5).

그것은 중학교 1학년 때였던가, 어느 날 일이었습니다. 원래 늦잠꾸러기라서 그런 일은 이상한 일도 아니지만, 어

---

4) 심상소학교(尋常小学校) : 구제의 소학교(小学校, 초등학교)로 만 6세 이상의 아동을 대상으로 초동 보통교육을 실시한 의무교육 학교이다. 메이지(明治) 19년(1886년)의 소학교령(小学校令)에 의해 설치되어 수업 연한은 처음에는 4년, 메이지(明治) 40년(1907년)부터는 6년으로 개정된다.

5) 원문의 「置かれてありました」의 「okare-te-aru, 置かれてある, 놓여 있다」는 타동사 「oku, 置く, 두다」의 수동인 「okareru, 置かれる, 놓이다」에 상(相)의 형식 「-te-aru, ~てある, ~어 있다」가 접속한 것으로 문법적 기준에서는 일단 일탈된 것으로 간주되지만, 「oi-te-aru, 置いてある, 놓여 있다」와 더불어 「okare-te-aru, 置かれてある, 놓여 있다」가 이른 시기에 쓰이고 있다는 점에서 언어학적으로는 흥미로운 예이다.

머니가 깨워도 응응 건성으로 대꾸만 하고 따뜻한 잠자리에서 나오려고도 하지 않아 결국 등교 시간을 놓치는 바람에 이제 학교에 가는 것이 싫어져서, 어머니한테도 아프다고 꾀병을 부리고 종일 잠자리 속에서 지낸 적이 있었습니다. 아프다고 말해 버렸기 때문에, 좋아하지도 않은 죽을 어쩔 수 없이 먹어야 했고, 뭔가 하고 싶어도 잠자리에서 나오지 못하고 저는 여느 때와 마찬가지이지만 새삼스레 학교에 안 간 것을 후회하기 시작했습니다.

저는 빈지문을 다 닫아두고 제 기분에 맞게 방안을 어둡게 해 두었기 때문에 그 빈틈과 옹이구멍을 통해 바깥 경치가 장지문 종이에 비치고 있었습니다. 큰 것이랑 작은 것이랑, 확실한 것이랑 희미해진 것이랑 많은 똑같은 경치가 전부 거꾸로 비치고 있는 것입니다. 저는 자면서 그것을 보고 문득 사진기 발명자의 이야기 등을 생각해냈습니다. 그리고 어떻게 해서라도 옹이구멍의 영상처럼 사진에도 색깔을 입힐 수 없는 것인지 등을 모든 어린이가 생각하는, 꿈같은 그러나 제 자신은 뛰어난 과학자인 체하는 것을 공상하는 것이었습니다.

얼마 안 있어 장지의 그림자가 조금씩 엷어져 갔습니다.

그리고 마침내 그것이 사라져 버리자, 이번에는 새하얗게 보이는 햇빛이 같은 옹이구멍과 빈틈에서 눈부시게 비쳐서 들어오는 것이었습니다. 이유도 없이 학교를 쉬고 있는 양심의 가책에서 저는 두더지처럼 햇빛을 두려워했습니다. 저는 말할 수 없는 매우 싫은 기분으로 머리까지 이불을 뒤집어쓰고, 눈을 감고 눈앞에 군집하는 무수한 노란색과 보라색의 고리를 달콤한 것 같기도 하고 꺼림칙한 것 같은 이상한 느낌으로 바라다본 것입니다.

독자 여러분, 제 이야기는 너무나도 살인사건과 인연이 없는 것처럼 보입니다. 그러나 그것을 책망하지 말아 주세요. 이런 말투는 제 버릇입니다. 그리고 이런 어릴 때의 추억이라고 해도 그 살인사건에 전혀 관계가 없는 것은 아니니까요.

그런데 저는 다시 이불에서 목을 내밀고 보자 제 얼굴 바로 아래에 뻥하고 빛나는 곳이 있습니다. 그것은 옹이구멍을 통해 들어간 햇빛이 미닫이문의 찢어진 부분을 통과하여 다다미의 위에 동그란 그림자를 비추고 있던 것입니다. 물론 방 전체가 어두운 탓이 있겠지만요, 나는 그 동그란 것이 너무나 새하얗게 눈부시게 보이는 것을 조금 이상하게 생각했습니다. 그래서 아무렇지도 않게 거기에 떨어져 있던 바로 그 렌즈를 집어 나는 그것을 동그란 빛 위에 대어 보았는데 천장에 괴물 같은 그림자를 보자 나는 깜짝 놀라 나도 모르게 렌즈를 떨어뜨렸습니다. 거기에 비친 것은 그만큼 나를 놀라게 한 것입니다. 왜냐하면 희미하지만 그 천장에는 아래에 있는 다다미의 틈새기가 골풀 하나 두께가 두 자 정도로 확대되어, 작은 티끌까지가 생생하게 비치고 있었기 때문입니다. 나는 렌즈의 이상한 작용에 공포를 느끼고 동시에 한편으로는 또 이루 표현할 수 없는 매력을 느꼈습니다. 제 렌즈에 관한 취미가 이때부터 시작되었습니다.

저는 마침 그 방에 있던 손거울을 꺼내 그것으로 렌즈의 그림자를 굴절시키고 다다미 대신에 여러 가지 그림이라든가 사진을 한쪽 벽에 비춰 보았습니다. 그리고 그것이 용케 성공했습니다. 나중에 중학교 상급반이 되고 나서 물리 시간에 그것과 같은 이치를 배우거나 또 후일 유행한 실물 환등기 등을 알자 그때의 제 발견이 별반 특이한 것이 아닌 것을 알았지만 당시에는 뭔가 큰 발명이라도 한 것 같은 생각이 들었고 그 이후에는 그냥 렌즈와 거울의 나날을 보냈습니다.

나는 틈만 있으면 마분지나 검은 천 등을 사가지고 와서 여러 가지 모양의 상자를 만들었습니다. 렌즈나 거울도 점점 숫자를 늘려갔습니다. 어느 때는 긴 U자형으로 굴절된 (사진기의) 어둠상자를 만들어 그 안에 많은 렌즈나 거울을 설치하여, 불투명한 물체의 이쪽에서 마치 아무런 장애물이 없는 것처럼 그 맞은편이 보이는 장치를 만들어 '투시술(透視術)' 등과 같이 말하고 집안사람들은 이상하게 만들어 보거나, 어느 때에는 뜰 전체에 오목 거울을 달아서 그 초점으로 모닥불을 피워 보거나 또 어느 때에는 집안에 여러 가지 모양의 어둠상자를 설치하여 안방에 있으면서 현관의 손님 모습이 보이도록 해서 보거나, 그 밖에 갖가지 그것과 유사한 장난을 치고는 즐거워하고 있었습니다. 현미경이나 망원경도 자기식으로 만들어서 어느 정도까지 성공했습니다. 작은 거울의 방을 만들어 그 안에 개구리나 쥐 등을 집어넣고 그것들이 자기 모습에 벌벌 떠는 모습을 흥겨워한 적도 있습니다.

그런데 저의 이상한 도락은 중학교를 나올 무렵까지 계속되었는데 상급 학교에 진학하고 나서는 하숙 생활을 하거나 공부하는 것도 바빠져서 어느 사이인가 렌즈 장난도 중단하고 말았습니다. 그것이 전보다 몇 배나 되는 매력으로 부활한 것은 학교를 졸업하고, 그렇다고 해도 특별히 직장을 구해야 하는 처지도 아니고 아무것도 없이 빈둥빈둥 놀며 지내고 있는 시기였습니다.

3.

 여기에서 제가 어떤 꺼림칙한 나쁜 버릇을 가지고 있는 것을 고백해야 합니다. 그 이유는 소년 시절의 주눅이 든 성격에서 생각해도 이렇게 되는 것이 당연했는지도 모르지만 저는 코밑에 짐짓 점잔 빼는 수염까지 기른 바로 제가 경박한 하녀 같은 사람도 굳이 하지 않는, 타인의 비밀을 틈으로 들여다보는 것에 정말 더할 나위 없는 쾌감을 느낀 것이었습니다. 물론 이런 성격은 조금은 누구에게도 있습니다만 제가 하는 그것은 극단적입니다. 그리고 더욱더 나쁜 것은 틈으로 들여다보는 대상이 말씀을 드리는 것도 창피할 정도로 이상하고 불길한 물건뿐입니다.

 이것은 어떤 친구에게서 들은 이야기인데 그 친구의 큰어머니라는 사람에게 역시 틈으로 들여다보는 병을 가지고 있는 사람이 있어, 마침 뒤 판자 울타리의 맞은편에 이웃집의 다다미방(손님방)이 보이는 것을 기화로, 틈만 나면 그

판자 울타리의 옹이구멍을 통해 이웃집의 모습을 엿본다고 합니다. 그녀는 은거하고 있는 처지라서 이렇다 할 일도 없고 무료해서 마치 소설책이라도 읽는 기분으로 이웃집에서 생기는 일을 관찰하고 있는 것입니다. 오늘 손님이 몇 명 왔고 어느 손님은 어떤 모습을 하고 있고 어떤 이야기를 했다든가, 저기 집에서는 아이가 태어났기 때문에 계(契)를 낙찰받아 그것으로 무엇과 무엇을 샀다든가 하녀가 쥐가 드나들지 못하게 만든 찬장을 열어 무엇을 훔쳐 먹었다든가, 구석구석까지 상세히 자기 자신의 가족 일보다도 더 자세히 아니 상대편 주인들도 모르는 일까지도 빠짐없이 관찰하고는 제 친구 등에게 이야기하며 들려준다고 합니다. 마치 할머니가 손자들에게 신문 소설의 연재물을 읽어서 들려주는 것처럼.

저는 그것을 듣고 역시 세상에는 자기와 같은 환자가 있는 거구나 하고 어처구니없는 이야기입니다만 다소 마음이 놓였습니다. 그러나 제 병은 바로 그 큰어머니 것보다도 훨씬 질이 나쁜 종류의 것이었습니다. 한 예를 말씀드리면, 이것은 제가 학교를 마치고 돌아와서 제일 먼저 한 장난인데 저는 자기 거실과 제집의 하녀 방을 바로 그 렌즈와 거울로 만든 각종 모양의 어둠상자를 설치해서 익은 과일 같이 토실토실 살찐 스물 살 먹은 처자의 비밀을 들여다보겠다고 생각했습니다. 들여다본다고 해도 제가 하는 것은 극히 겁이 많은 간접적인 방식입니다. 하녀 방의 눈에 띄지 않는, 예를 들어 천장 구석 같은 곳에 제가 발명한 거울과 렌즈 장치를 설치하고 거기에서 어둠상자에 의해 지붕 밑 등을 통로로 해서 빛을 이끌어내어 하녀 방에서 거울에 비친 그림자가 자기 거실의 책상 위의 거울에도 그대로 비치는 장치를 만든 것입니다. 즉 잠항정(潛航艇)[6] 안에서 해상을 보는 무슨 스코프(scope)라는 그것과 같은 장치입니다.

그런데 이것에 의해 무엇을 보았는가 하면, 대부분은 여기에 말하는 것을 거리끼는 종류의 사항이지만 예를 들어 스무 살 하녀가 매일 밤 잠자리에 들기 전에 고리짝 바닥에서 몇 통의 편지와 한 장의 사진을 꺼내서 사진을 바라다보고는 편지를 읽고 편지를 읽고는 사진을 바라다보고, 한편 잘 때는 그 사진을 그녀의 풍만한 젖가슴에 꽉 누르고 그것을 바싹 껴안고 자는 모습을 보고 그녀에게도 역시 연인이

---

6) 잠항정(潛航艇) : 잠항수뢰정(潛航水雷艇)의 준말로 잠수함의 옛 명칭. 소형 잠수함.

있는 거구나 하고 깨달았다. 뭐 그런 이야기입니다. 그리고 그녀가 보기와는 달리 울보라는 것과 상상한 것과 다르게 훔쳐 먹는 것이 잦다는 것과 잠버릇이 좋지 않은 것과 그리고 더 노골적인 갖가지 광경이 내 가슴을 설레게 한 것이었습니다.

이 시도에 재미를 붙여 제 나쁜 버릇은 훨씬 심해졌는데 하녀 이외에 집안사람의 비밀을 캐는 것 같은 것은 묘하게 불쾌하고 아무리 그렇다고 하더라도 이 장치를 다른 집으로 연장시킬 수는 없어서, 한때는 딱하고 당혹스러웠습니다만 결국에는 저는 하나의 묘안을 생각해냈습니다. 그것은 그 렌즈와 거울 장치를 휴대가 편한 구조로 만들어서 여관이라든가 찻집이라든가 혹은 음식점 등에 가지고 가서 거기에서 즉석으로 들여다보는 데에 필요한 도구를 만든다고 하는 것이었습니다. 그러기 위해서는 렌즈의 초점을 자유롭게 이동할 수 있는 장치를 고안하는 것과, 어둠상자를 되도록 가늘고 작게 하고 눈에 띄지 않게 세공하는 것 등 여러 가지 힘든 일이 있었지만, 앞에서도 말씀드린 바와 같이 저는 선천적으로 그런 수세공에 흥미를 갖고 있어 며칠 동안 꾸준히 그것에만 정성을 들여 결국 가장 멋진, 들키지 않고 남을 들여다볼 수 있는 휴대용 장치를 만들어냈던 것입니다.

그리고 저는 그것을 가는 데마다 사용했습니다. 구실을 만들어 친구 집에 머무르며 주인장의 거실에 이 장치를 설치하고 격정적인 광경을 들여다본 적도 있습니다. 그것은 차치하고 이 정도로 하고, 드디어 표제의 내용으로 말씀을 진행하기로 하겠습니다.

그것은 지금부터 5년 전의 여름 초엽의 일이었습니다. 저는 그 무렵 신경쇠약증에 걸려서 수도의 잡답(雜沓)[7]에 몸이 나른하고 마음이 울적해져서 가족의 권유에 따라 피서할 겸, H산중의 A호반에 있는, 호반정(湖畔亭)이라는 이상한 이름의 여관에 홀로 얼마 동안 체재한 적이 있습니다. 피서하기에는 조금 이른 시기인지라, 넓은 여관이 휑뎅그렁하고 인기척도 없고 상쾌한 산 공기가 묘하게 으스스 춥게 느껴졌습니다. 호수 위의 뱃놀이도 삼림을 두루 돌아다니는 것도 익숙해지자 전혀 재미가 없어졌습니다. 그렇다고 해서 도쿄에 돌아가는 것도 왠지 모르게 마음이 내키지 않아 저는 여관 2층에서 무료한 나날을 보냈습니다.

---

[7] 잡답(雜沓) : 사람들이 많이 몰려 북적북적하고 복잡한 것. 또는 그런 상태.

볼 수 있는 장치이었습니다. 다행히 습관이 되어 있어서 그 도구는 제대로 트렁크 바닥에 있습니다. 호젓하다고는 하나 여관에는 여러 쌍의 손님들이 있고 여름철을 대비해서 새로 고용한 하녀 등도 열 명 남짓 있습니다.

"그럼 어디 한번 장난을 시작해볼까?"

저는 싱글싱글 혼자서 웃으면서 손님이 적어 들킬 걱정도 없이 그 도구 설치에 착수했습니다. 그래서 제가 무엇을 들여다보려고 했는지 또 그 들여다본 것에서 뜻밖에도 어떤 커다란 사건이 일어난 것인지. 이제부터 이 이야기의 본 주제로 옮기겠습니다.

4.

 호반정은 H산 위에 있는 유명한 호수의 남쪽 지대에 세워져 있었습니다. 가늘고 긴 건물의 북쪽이 바로 호수 절경과 인접하고 있고 남쪽은 호반의 작은 촌락을 사이에 두고 아득히 중첩된 연산(連山, 잇대어 있는 산)이 보입니다. 제 방은 호수에 면한 북쪽의 한쪽 끝에 있었습니다. 방 앞에는 발코니와 같은 느낌의 넓은 툇마루에 방 하나에 두 개 정도 비율로 등나무 의자가 놓여 있어, 거기에서 여관 정원의 나무숲을 넘어 호수의 전경을 바라다볼 수 있습니다. 녹음이 진 산들로 둘러싸인 고요하고 쓸쓸한 호수의 경치는 처음 얼마 동안은 저를 얼마나 즐겁게 했는지 모릅니다. 갠 날에는 부근의 이어져 있는 산봉우리가 호수 면에 거꾸로 그림자를 비추고 그 위를 작은 돛단배가 미끄러져 가는 정경, 비가 오는 날에는 산들의 꼭대기를 가리고, 바싹 가까이 다가온 구름 사이에서 은색의 실이 흐트러지고 호수 면에 아름다운 소름을 돋게 하는 모습, 이러한 적막하고 상쾌한 풍물이 완전히 혼탁한 뇌를 씻어 깨끗하게 하고 한때는 그처럼 저를 괴롭힌 신경쇠약도 전부 잊어버릴 정도였습니다.

그러나 신경쇠약이 조금씩 심해짐에 따라 저는 역시 사람들이 북적대는 데 익숙한 아이였습니다. 이 적막한 깊은 산속의 생활이 얼마 안 있어 견딜 수 없게 되었습니다. 호반정은 그 이름이 나타내는 것과 같이 유람객 여관인 동시에 부근의 도시나 시골에서 당일치기로 놀러오는 사람들을 위한 요정도 겸하고 있었습니다. 그리고 손님의 희망에 따라서는 그리 멀지 않은 산기슭에 있는 도시에서 매춘부 등을 불러 주위 풍물에 어울리지 않는 야단법석을 떨 수도 있는 것입니다. 외로워서 저는 두서 번 그런 놀이도 해 보았습니다. 그러나 그런 미적지근한 자극이 어찌 저를 만족시켜 주겠습니까? 또다시 산 또다시 호수 대부분의 날은 고요하고 아주 조용해진 여관의 방, 그리고 가끔 들리는 것은 시골 기생의 가락이 맞지 않는 샤미센(三味線)[8] 소리뿐입니다. 그러나 그렇다고 해서 도쿄 집으로 돌아가 봤자, 무슨 재미있

---

8) 샤미센(三味線) : 일본 현악기의 하나로 세 줄이 있는 악기. 삼현금.

는 일이 있는 것도 아니고 게다가 예정한 체재 일수는 아직도 시간이 많이 남았습니다. 그래서 난감해진 저는 앞에서도 조금 쓴 것처럼 바로 들키지 않고 남을 들여다볼 수 있는 장치의 유희를 갑자기 생각해내게 되었습니다.

제가 생각해낸 동기의 하나는 제 방이 아주 좋은 위치에 있었기 때문입니다. 방은 이층 구석에 있고 그 한쪽의 둥근 창을 열면 바로 눈 아래에 호반정의 멋진 목욕탕 지붕이 보입니다. 저는 지금까지 들키지 않고 남을 들여다볼 수 있는 장치로 다종다양한 장면을 들여다보았습니다. 그렇다고는 하나 목욕탕만은 아직 몰랐습니다. 따라서 제 호기심은 거세게 작동했습니다. 그렇다고 해서 저는 특별히 벌거벗은 여자의 목욕하는 광경을 보고 싶었던 것은 아닙니다. 그런 것은 조금 산속의 온천장에 가면 아니 도시의 한 가운데에서도 어떤 종류의 장소에서는 자유롭게 볼 수 있습니다. 게다가 이 호반정의 목욕탕이라고 해도 별반 남탕 여탕의 구별 같은 것은 설치되어 있지는 않았습니다.

제가 보고 싶다고 생각한 것은 주위에 아무도 없을 때 거울 앞의 벌거벗은 여자였습니다. 또는 벌거벗은 남자였습니다. 우리는 평소 공중목욕탕 등에서 벌거벗은 사람을 보는 것에 익숙해져 있지만, 그것은 모두 남이 보고 있는 앞에서의 나체입니다. 그것들은 우리 눈앞에 실오라기 하나도 걸치지 않는, 적나라한 모습을 보여주고는 있는데 아직 '수치의 옷'까지는 벗어던지고 있지 않습니다. 그것은 남의 눈을 의식한, 부자연스러운 모습에 지나지 않습니다. 저는 지금까지의 들키지 않고 남을 들여다볼 수 있는 장치의 경험으로 인간이라는 것은 주위에 남이 있을 때와 오직 홀로 있을 때 얼마나 심하게 다르게 보이는지를 잘 알고 있었습니다. 남 앞에서는 마치 빈틈없이 긴장하고 있는 표정이 홀로 있게 되면 마치 이완되어 무서울 정도로 얼굴 표정이 변하는 법입니다. 어떤 사람은 살아 있는 사람과 죽은 사람만큼 심한 차이를 보입니다. 표정만 그런 것이 아닙니다. 자세도 여러 가지 몸짓도 모두 바뀌어 버립니다. 저는 이전에 남 앞에서는 대단한 낙천주의자이고 오히려 광적일 정도로 쾌활한 사람이 실은 혼자 있을 때는 정반대의 극단적으로 음침하고 염세주의자인 것을 목격했습니다. 사람에게는 적든 많든 간에 이런 데가 있는 것처럼 생각됩니다. 우리가 보고 있는 한 인간은 실은 그의 정체의 반대의 것인 경우가 종종 있는 법입니다. 이 사실에서 미루어 짐작하면 나체의 사람을 거울 앞에 혼자 두었을 때, 그가 그 자신의 나체를 어떻게 다루는가를 보는 것은 몹시 흥미 있는 일이 아닐까요?

이런 이유에서 저는 들키지 않고 남을 들여다볼 수 있는 장치의 한쪽 끝을 목욕탕 속이 아니라 그 곁방(큰방 옆에 붙어 있는 작은방)으로 되어 있는, 커다란 거울이 있는 탈의실에 달려고 결심한 것입니다.

5.

 그 날 밤이 깊어지는 것을 기다리고 저는 이상한 작업에 착수했습니다. 먼저 트렁크 바닥에서 들키지 않고 남을 들여다볼 수 있는 장치를 꺼내 이레코(入れ子)⁹⁾로 된 마분지 통을 길게 맞대어 붙이고 바로 그 둥근 창에서 지붕으로 몰래 나와 남의 눈에 띄지 않는 곳을 골라서 그것을 가는 철사로 연결시켰습니다. 다행히 그곳 빈터에는 키가 큰 삼나무 숲이 있어 그 주변의 벽을 온통 가렸기 때문에 날이 새도 제 장치가 발각될 걱정은 없습니다. 뿐만 아니라 거기는 집의 뒤쪽에 해당하는 곳이어서 좀처럼 사람이 오는 일은 없습니다.

 도둑처럼 나뭇가지를 따라 목욕탕 창에서 몰래 들어가거나, 저는 어둠 속에서 일하는 데에 몰두했습니다. 그리고 3

---

9) 이레코(入れ子) : 크기의 차례대로 포개어 안에 넣을 수 있게 만든 상자. 찬합이나 술잔 등.

시간 남짓 소비하여 겨우 생각한 장치를 만들 수가 있었습니다. 안경 한쪽 끝은 둥근 창에서 도코노마(床の間)[10] 기둥의 가려진 곳을 설치해서 거기에 드러눕기만 하면 언제든지 들여다볼 수 있게 하고 그 기둥이 있는 곳에는 제 외투를 걸쳐서 하녀 등에게 장치가 탄로 나지 않도록 고안한 것입니다.

그래서 그 이튿날부터 저는 이상한 거울의 세계에 빠지기 시작했습니다. 벽 구석에 설치한 쥐색의 어둠상자 안에는 사방 두 치 정도의 작은 거울이 비스듬하게 장치되어 위의 렌즈로부터 오는 탈의실의 풍경을 또렷이 비춰 주고 있습니다. 빛이 몇 번이고 굴절하기 때문에 그것은 몹시 흐린 영상이었는데 그로 인해 오히려 일종의 몽환적인 느낌을 더하며 정말 더할 나위 없이 제 병적인 기호를 기쁘게 해 주었습니다.

제 방은 이층이라서 목욕탕에 가는 사람의 발소리는 물론 들리지 않고 또 둥근 창을 통해 들여다보았다고 해도 거

---

[10] 도코노마(床の間) : 일반적으로 일본식 방의 안쪽을 가리키며, 다다미보다 한 단 높고, 네모지게 벽에는 족자를 걸고, 쑥 들어간 형태로 만들어진다. 바닥에는 꽃이나 장식물을 꾸며 놓는다.

기에는 목욕탕의 지붕이 보일 뿐이고 내부 모습을 엿볼 수는 없습니다. 그런고로 언제 그 탈의실에 사람이 오는지 거울 면을 주의하고 있는 것밖에는 알 도리도 없습니다. 그래서 저는 마치 물고기를 낚는 사람이 낚시찌가 움직이는 것을 고대하며 그쪽만 응시하고 있는 것처럼 아침에 일어나자마자 방구석에 아무렇게나 누워 작은 거울을 응시하는 것이었습니다.

이윽고 기다리고 기다렸던 사람의 모습이 흘끗 거울 위에 번뜩였을 때 나는 얼마나 가슴을 설렜을까? 그리고 그 사람이 옷을 벗는 동안, 목욕탕을 나와서 몸을 닦고 있는 동안, 이제 막 별난 일이 일어날까, 이제 막 별난 일이 일어날까 하고 얼마나 고대했을까요?

그러나 제 예상은 대부분의 경우 어긋나서 거기에 나타난 남녀는 그냥 그것이 이상한 어스레한 거울 표면에 꿈틀거리는 흥미 이외에는 아무런 색다른 모습을 보여주지 않았습니다. 게다가 앞에서도 말한 바와 같이 초여름이라고는 하나, 산 위에서는 아직 아침저녁으로 추운 시기인지라, 묵는 손님도 두세 쌍에 지나지 않고 술을 마시고 소란을 피우기 위해 오는 손님이라고 해도 삼 일에 한 번 정도 비율밖에 없습니다. 따라서 목욕하는 사람들도 적고 제 거울 세계는 호수의 경치와 마찬가지로 정말 쓸쓸한 것이었습니다.

그중에서 약간 나를 위로해 준 것은 열 명 남짓의 여관 하녀들의 입욕 모습이었습니다.

그녀들 중의 어떤 사람은 두세 명이 일행이 되어 탈의실에 나타났습니다.

그리고 무슨 말을 하는지 소리는 들리지 않지만 아마 추잡한 소문이야기라도 하고 있는 것이겠지요. 웃거나 새롱거리거나 하면서 옷을 벗고 서로의 피부를 비교하며 상대의 토실토실 살찐 배를 두드리거나 하는 등의 모습이 손에 잡힐 듯이 바라다보입니다. 이것들이 거울 표면에 소형 사진처럼 귀여운 모습으로 움직이고 있습니다.

또한 목욕을 마치면 그녀들은 긴 시간에 걸쳐 큰 거울 앞에서 화장을 시작합니다. 저는 전부터 여자 화장이라는 것에는 일종의 흥미를 느끼고 있었지만 이처럼 나체의 여자가 노골적인 태도로 대담한 화장을 하는 모습은 본 적이 없습니다.

거기에는 남자가 모르는 어떤 불가사의한 세계가 펼쳐지는 것이었습니다.

또 어떤 사람은 딸랑 혼자 탈의실에 나타납니다.

이 경우에는 한층 호기(好奇)한 풍경에 접할 수가 있습니다. 방금 순진한 얼굴을 하고 제 식사 시중을 들던 여자가 딸랑 혼자서 거울 앞에 서면 이렇게도 모습이 바뀌는 것인지 역시 여자는 요물이구나. 저는 종종 이런 탄성을 내는 것이었습니다.

6.

 그러나 머지않아 제 거울 세계에는 평범한 풍경에 완전히 따분해진 저를 경희(驚喜)[11]하게 만드는 인물이 나타났습니다. (그리고 그 다음에는 더욱 더 그런 것보다는 몇 곱절이나 놀랄 만한 사건이 거울 속에 일어난 것인데) 그것은 최근 여관에 도착한 도쿄의 부유 계층에 속하는 것 같은, 여자를 동반한 한 가족의 사람으로 열여덟 정도로 보이는 대단히 현란한 차림을 한 처자였습니다. 그녀가 처음 제 거울에 나타났을 때 저는 뭔가 이렇게, 그 흐릿한 유리 속에 새빨간 양귀비꽃이라도 핀 것 같은 생각이 들었던 것입니다. 그녀는 옷차림에 어울리게 참으로 아름다운 용모의 소유자이었습니다. 그리고 아니 그 용모 이상으로 그녀의 몸은 멋졌습니다. 서양인처럼 풍만한 육체, 벚꽃의 꽃잎처럼 미묘한 피부색, 그것만으로도 충분히 저를 놀라게 만든 것인데

---

11) 경희(驚喜) : 뜻밖의 좋은 일에 몹시 놀라며 기뻐하는 것.

게다가 그녀에게는 거울 앞의 이상한 버릇마저 있었던 것입니다.

복도 등에서 만났을 때의 다소곳하고 새침한 모습과 반대로 딸랑 혼자서 큰 거울 앞에 설 때는 그녀는 마치 딴 사람처럼 대담해졌습니다.

저는 처음으로 젊은 여자가 자기 자신의 육체에 넋을 잃고 보는 모습을 들여다볼 수가 있었습니다. 그리고 그 너무나도 대담한 몸놀림에 깜짝 놀라지 않을 수 없었습니다.

이것들을 일일이 설명하는 것은 이 이야기의 본론과 직접 관계가 없는 것이라서 여기에서는 생략하겠습니다만 여하튼 저는 그녀의 출현으로 간신히 따분함에서 구원받을 수 있었습니다. 이윽고 저는 들키지 않고 남을 들여다볼 수 있는 장치의 효과를 한층 강화하기 위해 또다시 밤중에 목욕탕을 몰래 들어가서, 높은 환기용 창의 빈틈을 통해 들여다보이게 한 렌즈 끝에 망원경 같은 렌즈 장치를 하나 더 설치하여 거기의 큰 거울의 중앙 부분만 아주 가깝게 비치도록 다시 만들었습니다. 그 결과 제 방의 사방 두 치의 거울 속에는 탈의실의 큰 거울에 비치는 사람의 모습이 잘 되면 전신, 때에 따라서는 몸의 일부분만 활동사진의 클로즈업처럼 꿈실거리는 것입니다.

그것이 얼마나 색다른 느낌인지, 단 두 치의 거울에 비치는 몸의 부분이 얼마나 크게 생각되는지 실제로 저와 같은 유희를 해 본 사람이 아니면 아마 상상도 할 수 없겠지요? 거기에는 어둑어둑한 수족관의 유리 수조의 표면에 허옇게 뜻하지 않은 물고기의 배가 나타나는 느낌으로 마치 그 느낌으로 갑자기 쑥 사람의 피부가 나타나는 것입니다. 그것이 얼마나 기분 나쁘면서도 동시에 고혹적인 것이었을까요?

저는 그렇게 매일매일 질리지도 않고 바라보며 지냈습니다.

7.

 그리고 어느 날 일이었습니다.

 매일 빠지지 않고 목욕탕에 오는 처자가 어찌 된 일인지 그 날은 밤이 되어도 모습을 보이지 않아서 보고도 싶지 않은 다른 사람들의 몸을 바라다보며 지내고 있는 사이에, 언제일까 밤이 깊어지고 이미 목욕 손님도 끝났고 여느 때 같으면 이제는 12시 무렵에 하녀들이 목욕할 때까지 한두 시간 동안 거울 앞에 사람 모습이 나타나지 않는 것입니다.

 저는 포기하고 맨 앞부터 깔려있던 잠자리에 들어갔습니다. 그러자 지금까지 신경도 쓰지 않았던 한 칸 건너 맞은편 방에서 법석거리는 것이 시끄럽게 귀에서 떠나지 않아 도저히 잠을 잘 수가 없습니다. 시골 기생의 고물 샤미센(三味線)에 야하고 천한 속곡(俗曲)[12]을 여자의 높고 날카로운

---

12) 속곡(俗曲) : 술자리 등에서 좌흥으로 불리는 짧은 샤미센(三味線) 성악곡(声楽曲).

목소리와 남자의 굵고 탁한 목소리가 합창되고 거기에 북소리까지 들어오는 것입니다. 드물게 많은 인원으로 구성된 극단의 일단으로 보이고 복도에서 빨리 움직이는 하녀들의 발소리도 분주하게 들려옵니다.

  잠을 이룰 수 없어서 저는 또다시 잠자리에서 기어 나와 거울이 있는 곳으로 갔습니다. 그리고 어쩌면 그 처자의 모습을 볼 수 있지는 않을까 하고 갑자기 거울 앞을 보자, 어느 사이에 왔는지 거기에는 한 여자의 뒷모습이 비치고 있습니다. 그것이 바로 그 처자가 아닌 것은 한눈에 알았지만 그 밖의 누구인지는 전혀 모르겠습니다. 거기에는 여자 목에서 아래가 거울 구석에 의해 멍하니 비추고 있는 것에 지나지 않는 것입니다. 살집으로 판단해 볼 때 젊은 여자처럼 보입니다. 지금 목욕탕에서 나와 얼굴이라도 닦고 있는 것 같은 모습입니다.

  그러자 갑자기 여자 등에서 무엇인가 번쩍 빛났습니다. 깜짝 놀라 잘 보니 실로 놀랄 만한 것이 거기에서 꿈틀거리고 있는 것이 아닙니까? 거울 구석 쪽에서 남자 것 같이 보이는 손 하나가 뻗어 있었는데 손에 단도를 쥐고 있는 것입니다. 통통하게 살찐 여자의 몸과 그 앞에 거리의 관계로 대단히 크게 보이는, 남자의 한쪽 팔이 거울 면 가득 차서 그것이 수족관의 수조처럼 검은빛을 띠며 보이는 것입니다. 일순간 저는 환영을 보고 있는 것이 아닌가 하고 의심했습니다. 사실 제 신경은 그만큼 병적으로 흥분하고 있었으니까요.

그런데 잠시 보고 있어도 환영이 전혀 사라지지 않습니다. 그러기는커녕 오히려 번쩍번쩍 이상하게 빛나는 단도가 조금씩 조금씩 여자 쪽으로 접근해 가는 것입니다. 남자 손은 아마 흥분 때문이겠지요. 어떤지 기분 나쁘게 떨리고 있습니다. 여자는 그것을 모르는 것일까요? 가만히 차분하게 역시 얼굴을 닦고 있는 것 같습니다.

이제 와서는 꿈도 환영도 아닙니다. 의심할 여지없이 지금 목욕탕에서 누군가가 살인을 저지르려고 하는 것입니다. 저는 빨리 그것을 막아야 합니다. 그러나 거울 안의 그림자를 어떻게 할 수가 없겠지요. 빨리- 빨리- 빨리-, 제 심장은 터질 것처럼 고동치고 있습니다. 그리고 뭔가를 소리치려고 하는데 혀가 굳어져 버려서 목소리도 안 나옵니다.

번쩍 일순간에 거울 앞이 번개처럼 빛났는가 싶더니 새빨간 것이 마치 거울 표면을 따라 뚝뚝 흘러내렸습니다.

저는 지금도 그때의 이상한 느낌을 잊을 수가 없습니다. 한쪽 방에서는 기세가 오른 속곡(俗曲)의 합창이 북이나 손장난 발장단으로 '방이 부서져라' 울리고 있습니다. 그것과 제 눈앞의 어둠 속의 희읍스름한 거울 앞의 사건이, 이 얼마나 이상한 대조를 이루고 있던 것인가요? 거기에서는 하얀 여자의 몸이 등에서 새빨간 걸쭉한 것을 흘리면서 쑥 걸어서 없어지는 것처럼 거울 앞에서 사라졌습니다. 말할 필요도 없이 거기에 쓰러진 것이겠지만 거울에는 소리가 나지 않습니다. 뒤에 남은 남자 손과 단도는 잠시 가만히 하고 있었는데 머지않아 이것도 다시 뒷걸음질 치는 듯이 거울에서 그림자를 지워 버렸습니다. 그 남자 손등에 비스듬하게 상처 흔적 같은 검은 줄이 있었던 것이 언제까지나 제 눈에 남아 있었습니다.

8.

 잠시 동안 저는 거울 속의 피를 보는 듯한 참혹한 실루엣을 현실의 사건이라고 생각하지 않고 제 병적인 착각인지 그렇지 않으면 요지경의 거짓이라도 본 것 같이 멍하니 그대로 누워 뒹굴고 있던 것입니다. 그러나 생각해 보면 아무리 쇠약해진 머리로도 설마 그렇게까지 확실히 볼 리가 없습니다. 이것은 살인이 아니더라도 필히 뭔가 그것과 흡사한 무서운 사건이 일어난 것이 틀림없습니다.

 저는 귀를 기울여서 조금 있으면 아래 복도에 심심치 않은 발소리나 소란스러운 사람 소리가 들리기 시작하지는 않을까 기다렸습니다. 그 사이, 저는 아무 생각 없이 손목시계를 보았는데 그 바늘은 정각 10시 35분 부근을 가리키고 있었습니다.

 그러나 기다리고 기다려도 어떤 이상한 소리도 들려오지는 않습니다. 옆방에서 법석을 떠는 것도 왠지 갑자기 조용해져서 일순간 집 전체가 쥐 죽은 듯이 조용해지고 제 손목시계의 재깍재깍하는 소리만 몹시 크게 들렸습니다. 저는 환상을 쫓기라도 하는 것처럼 다시 한번 거울 속을 응시했습니다. 물론 거기에는 탈의실의 차가운 대형 경대가 부근의 벽과 선반 등을 비추고 희뿌옇게 흐린 빛을 발하고 있을 뿐입니다. 그 정도의 기세로 단도를 내리꽂아 그 정도의 피가 흘렀으니까 피해자는 죽지 않아도 반드시 심각한 중상을 입었을 것입니다. 거울의 상(像)에는 소리는 없어도 그녀는 두려운 비명을 냈을 것입니다. 저는 무기력하게도 딱딱한 거울 앞에서 그 비명의 여운이라도 들어내려고 가만히 거기를 응시하고 있었습니다.

그렇다고 하더라도 여관 사람들은 어째서 이리도 조용할까요? 어쩌면 그들은 그 비명을 듣지 않았는지도 모릅니다. 목욕탕 입구의 두꺼운 문과 거기에서 하녀들이 있는 주방까지의 거리가 그것을 가로막은 것인지도 모릅니다. 그렇다고 하면 이 무서운 사건을 알고 있는 사람은 넓은 호반정 중에서 딸랑 저 혼자일 것입니다. 당연히 저는 이 일을 그들에게 알려야 합니다. 하지만 뭐라고 하며 알려야 좋을까요? 그러기 위해서는 들키지 않고 남을 들여다볼 수 있는 장치의 비밀을 털어놓는 것 이외에 다른 방도가 없습니다. 어찌 이런 부끄러운 일을 할 수 있겠습니까? 부끄러운 것뿐만 아닙니다. 보통 사람은 판단도 할 수 없는 이런 이상한 장치를 어찌 살인사건과 관련지어 생각할 수 있겠습니까? 본디부터 겁이 많고 결단을 내리지 못하는 저는 도저히 그런 것을 할 수 없습니다.

그렇다고 해서 이대로 가만히 있을 수는 없습니다. 저는 거의 5분 동안 경험한 적 없는 초조함에 시달리면서 머뭇머뭇하고 있었는데 더 이상 참을 수 없어져서 갑자기 일어나서 어떻게든 해야 한다는 목표도 없이 아무튼 방을 나와 바로 옆에 있는 넓은 계단을 뛰어 내려갔습니다. 계단 아래는 복도가 T자형으로 되어 있어 한쪽은 목욕탕 쪽으로, 다른 한쪽은 현관 쪽으로 그리고 또 하나는 안쪽에 있는 거실로 이어져 있었는데 지금 제가 몹시 서둘러서 계단을 내려간 것과 거의 마주치는 순간, 안쪽에 있는 거실로 통하는 복도에서 불쑥 사람 모습이 나타났습니다.

살펴보니 그 사람은 상당한 실업가인 듯한 양복 차림으로 차분한 색조의 넉넉한 봄 외투를 물결치게 하며 열린 가슴에서는 굵은 체인이 반짝이고 있었습니다. 그리고 오른손에는 무거워 보이는 커다란 트렁크, 왼손에는 금으로 만든 손으로 쥐는 부분이 굵은 지팡이를 들고 있습니다. 그러나 밤 11시 가까운 시각에 여관을 떠나는 모습도 그렇고, 무거운 트렁크를 손에 들고 있는 것도 생각해 보면 이상한데 그것보다도 더욱 우스운 것은 마주치는 순간 저도 적잖이 깜짝 놀랐지만, 상대방의 놀라는 모습도 정말이지 뭐라고 표현할 수가 없습니다. 그는 깜짝 놀란 듯이 돌연히 뒤로 되돌아가려고 했는데 가까스로 생각을 바꾸고 자못 부자연스럽게 시치미 떼고 제 앞을 빠져나가서 현관 쪽으로 서두르는 것입니다. 그리고 그 뒤에서 또 한 사람 그의 종자(從者)[13]로 보이는 조금 풍채가 떨어지는 남자가 이 사람도 역시 양복 차림으로 손에는 같은 트렁크를 들고 따라갔습니다.

제가 정말 소심한 사람인 것은, 지금까지 누누이 말씀드린 대로입니다. 따라서 여관에 있어도 좀처럼 방 밖으로 나가지 않아서 같은 여관에 묵고 있는 사람에 관해서도 전혀 알지 못했습니다. 바로 그 화려한 도시 소녀와 또 한 명의 청년(그가 얼마나 경탄할 만한 남자인가는 이야기가 진행됨에 따라 독자에게 확실해질 것입니다.) 이외에는 저는 거의

---

13) 종자(從者) : 남에게 종속되어 따라다니는 사람.

무관심이었습니다. 물론 들키지 않고 남을 들여다볼 수 있는 장치를 통해 모든 숙박 손님을 보고는 있었을 테지만, 누가 어느 방에 있고, 얼굴 생김새와 옷차림을 했었는지 전혀 기억하고 있지 않았습니다. 그래서 지금 마주치는 순간 저를 놀라게 한 신사라고 하더라도 한 번은 본 같기도 합니다만 별반 깊은 인상도 없고 따라서 그의 이상한 거동에도 그다지 흥미를 느끼지 않았던 것입니다.

그때 저에게는 뜻밖의 출발하는 손님 등을 수상하게 여길 여유는 없고 그냥 정말 가슴이 두근거려 복도를 어느 쪽으로 가야 할지도 알 수 없는 처지였습니다. 그러나 아무리 용기를 불러일으켜 보아도 그 사건을 여관 사람에게 알릴 생각은 들지 않았습니다. 들키지 않고 남을 들여다볼 수 있는 장치에 관한 것이 있어 마치 자기 자신이 죄인이라도 된 것처럼 떳떳하지 못한 생각이 들었기 때문입니다.

9.

 그러나 그렇게 하고 있어도 한도 없어서 저는 여하튼 목욕탕을 조사해 보기로 마음먹었습니다.

 어둑어둑한 복도를 더듬어 그곳에 가 보니, 입구의 두꺼운 서양문은 꽉 닫혀 있었습니다. 마음이 약한 저로서는 그것을 여는 것이 얼마나 섬뜩한 일이었을까요? 하지만 시간도 꽤 지났고 해서 간신히 용기를 내서 한 푼 두 푼 조금씩 조금씩 문을 열고 거기에 눈을 대고 들여다보았더니, 저는 무엇을 그렇게 벌벌 떨고 있었던 것일까요? 당연히 거기에는 정말 수상한 놈 같은 녀석이 없을 뿐만 아니라 혹시 생각하고 있던 여자의 사체조차 없는 것입니다. 텅 빈 탈의실은 허연 전등에 비쳐 드러나서 묘지처럼 조용합니다.

 가까스로 마음을 진정시킨 저는 완전히 문을 열고 탈의실에 들어갔습니다. 그 정도의 칼부림 사태가 있었으니 거기 바닥에는 엄청난 양의 피가 흐르고 있어야 합니다. 그런데 잘 보니 깨끗하게 윤기가 나 있는 바닥에는 그런 것처럼 보이는 흔적도 없지 않습니까? 그럼 이제 목욕탕과의 경계에 있는 젖빛 유리문을 열어 볼 필요도 없습니다.

어안이 벙벙해진 저는 그냥 멍하니 거기에 내내 서 있었습니다. 마치 도깨비에게라도 홀린 것 같은 이야기입니다.

"아, 내 머리는 드디어 어떻게 되어 버렸구나. 그런 어쩐지 기분 나쁜 환상을 보고 게다가 그것을 진짜인지 뭔지와 같이 소란을 피우다니. 왜 이상한 들키지 않고 남을 들여다볼 수 있는 장치 같은 걸 만들었을까? 어쩌면 그것을 고안했을 때부터 이미 나는 미치광이였었는지도 모른다."

아까 것과는 다른, 더욱 더 근본적인 두려움이 저를 전율시켰습니다. 저는 정신없이 자기 방으로 돌아와서 깔려 있던 잠자리에 들어가서 이런 일들은 죄다 꿈이라면 좋겠다고 그것을 기원하면서 눈을 감았습니다.

한때 그쳤던 근처 방의 야단법석이 제 어리석음을 비웃는 것처럼 또다시 뚱땅뚱땅하고 시끄럽게 울려 퍼지기 시작합니다. 이불을 덮어도 어떻게 해도 그 울림소리가 시끄럽게 귀에서 떠나지 않아 잠을 잘 수 있는 상황이 아닙니다.

그러자 어느 사이엔가 또 저는 아까의 환상에 관해 골똘히 생각하고 있었습니다. 그것이 환상이었다고 정해 버리는 것은 바꿔 말하면 제 머리가 돌았다는 것을 인정하는 것 같아서, 너무나도 무서운 일입니다. 더구나 점점 냉정하게 생각하면 생각할수록 제 머리가 혹은 눈이 그렇게 미쳐 있다고는 생각되지 않습니다. '어쩌면 누군가의 장난은 아닌지.' 어리석게도 저는 그런 것까지 상상해 보았습니다.

그러나 그런 어처구니없는 장난을 누가 무엇 때문에 할까요? 저를 놀래기 위해서인지 그렇게 친하게 지내는 지인은 이 호반정에는 없습니다. 뿐만 아니라 들키지 않고 남을 들여다볼 수 있는 장치의 비밀조차 아직 누구도 알아채지 못하고 있지 않습니까? 그 단도, 그 피, 그것이 어찌 장난 같은 것이겠습니까?

그럼 역시 환상일까? 그러나 저는 왠지 모르게 그렇게도 생각할 수 없습니다. 탈의실에 피가 흐르고 있지 않았던 것은, 마침 피해자의 발밑에 옷인가 무엇인가가 있어 그것에 방울져 떨어졌지만, 또는 바닥에 흐를 정도로 다량의 출혈이 없었다고도 생각할 수 있습니다. 하지만 그것을 생각한다면 찔린 사람이 그 깊은 상처를 입고 어디로 떠날 수가 있었을까요? 큰소리로 외치는 소리는 2층의 소란으로 지워져서 여관 사람들도 알아채지 못했는지도 모르지만, 그 상처를 입은 사람이 누구에게도 들키지 않고 여기를 빠져나갈 수는 없습니다. 첫째로 그녀는 의사가 필요했습니다.

그런 것을 이리저리 계속 생각하다가 결국 그 날 밤은 한숨도 자지 못했습니다. 뭐, 여관 사람들에게 알리기만 하면 해결된다고 마음이 놓이지만, 들키지 않고 남을 들여다볼 수 있는 장치의 약점도 있는지라 그렇게도 할 수 없어 쓸데없는 고생을 한 것입니다.

10.

 이튿날 아침 날이 새고 아래층이 떠들썩해지자 저는 간신히 약간 기운을 차리고 세수라도 하면 생각이 바뀔지도 모른다고 수건을 들고 계단을 내려와서 세면장에 갔습니다. 세면장은 마침 바로 그 목욕탕 옆에 있어서 다시 한번 아침 햇빛으로 탈의실을 조사해 보았는데 역시 아무것도 달라진 것이 없습니다.

 세수를 마치고 방에 돌아오자 저는 호수에 면한 미닫이문을 열고 실컷 아침 공기를 들이마셨습니다. 이 얼마나 시원하고 산뜻한 경치일까요? 한없이 넓은 호수 면에는 치리멘(縮緬)[14] 같은 잔물결이 일고 산마루를 올라온 햇빛이 반짝반짝 하얗게 반사하고 있습니다. 배경에는 음지의 산의 표면이 장대한 음영을 만들어내는, 그 검정색과 호수 면의 은색과 그리고 산과 호수의 경계에 흐르는, 한 줄기의 아침

---

14) 치리멘(縮緬) : 표면에 오글쪼글한 잔주름이 있는 견직물.

놀. 오래 체재하는 동안에도 늦잠꾸러기인 저는 드물게 그런 경치를 보았습니다. 그 경치에 비하면 제 어젯밤 이후의 공포가 이 얼마나 더럽고 지저분하게 보인 것일까요?

"안녕히 주무셨어요?" 하녀의 인사 뒤에 놀리는 듯한 여자 소리가 나더니, 거기로 아침 밥상을 날라 왔습니다. 전혀 식욕 같은 것은 없었지만, 여하튼 저는 밥상에 앉았습니다. 그리고 젓가락을 쥐면서 문득 다시 한번 어젯밤 일을 확인해 볼 생각이 들었습니다. 아침의 쾌청한 공기가 제 입을 다소 쾌활하게 만들었습니다.

"자네는 몰라? 어젯밤 목욕탕에서 이상한 크게 외치는 소리가 난 것 같이 생각했는데, 무슨 일이 있던 것이 아니야?"

저는 익살스러운 어조로 이런 식으로 시작했습니다. 그리고 여러 가지 추궁해 보았지만, 하녀는 아무것도 모르는 것입니다. 손님 중에는 물론 다친 사람도 없고 부근의 마을 사람 중에도 그런 소문을 듣지 못했다고 합니다. 그 다친 사람을 지금까지 남이 모를 리는 없으니까 그 소문이 귀가 밝은 하녀들에게 전해지지 않았다면 어젯밤 일은 결국 일장악몽(一場惡夢)[15])에 지나지 않았는지도 모릅니다. 저는 더욱더 자기 자신의 신경을 걱정하지 않으면 안 되었습니다.

이제 와서 잘 수도 없어서 방에 앉은 채로 침울하게 생각에 골몰하고 있던 제 앞에 한 명의 방문객이 나타났습니다. 그 사람은 조금 전에 약간 언급한 면식이 있는 청년으로 역시 같은 여관에 묵고 있는 고노(河野)라는 남자였는데 이 사람은 이번 이야기의 주인공이라고도 할 만한 인물이기에 여기서 조금 그에 관해 설명해 두고자 합니다.

저는 그와는 목욕탕 안이라든가 호수 부근 등에서 두세 번 만난 것에 지나지 않았지만, 그도 또 저처럼 어느 쪽인가 하면 우울한 편인 듯 언제나 멍하니 한 곳을 응시하고 있는 것이 눈에 띄었습니다. 우연한 일로 대화해 보았는데, 우리 둘의 성격에는 어딘가 서로 비슷한 데가 있었습니다. '사람에 섞여 잡담하는 것보다는, 혼자서 수심에 잠기거나 또는 책 등을 열중해서 읽는다.' 저는 그의 이런 점에 왠지 모르게 호의를 느꼈습니다. 그러나 그는 나와 같은 말하자면 니힐리스트(허무주의자)가 아니고 인간 상호 관계에 관해 어떤 이상을 품고 있는 것처럼 보였습니다. 그리고 그것은 결코 독선적인 유토피아를 꿈꾸고 있는 것이 아니라, 더 착실

---

15) 일장악몽(一場惡夢) : 일장춘몽[一場春夢, 一場(いちじょう)の春夢(しゅんむ)]의 빗대어 조어된 것.

한 (따라서 사회적으로는 위험한) 실행적인 사람처럼 생각되었습니다. 아무튼 괴짜임에 틀림없습니다.

그는 또 직업이나 물질 분야에서도 저와는 꽤 달랐습니다. 그의 전공은 서양화가인데 풍채 등에서 생각해도 결코 부유한 계급에 속하는 사람이 아니고, 그의 말투에 의하면 그림을 팔면서 이렇게 여행하고 있는 것 같습니다. 여관 방 등도 그의 것은 복도 구석빼기의 가장 불편한 곳이 할당되어 있었습니다. 무엇이 끌어당기는지 그는 지금까지 여러 차례 이 H산중에 찾아온 듯, 이 부근의 사정에는 정통했습니다. 이번에도 산기슭의 Y도시에 잠시 있다가 저보다 조금 전에 호반정(湖畔亭)에 왔다고 했습니다. 그리고 여행을 하면서 그는 여러 지역의 인정 풍속을 조사하고 있는 것 같아서, 각종 진기한 사항을 알고 있었습니다. 여행하다가 시간이 나면, 그는 휴대하고 있는 서책을 열중해서 읽는 듯 손때로 새카맣게 된 네다섯 권의 어려운 서책이 항상 그의 곁에 있었습니다.

아니, 이러면 이야기가 조금 너무 딱딱해진 것 같습니다. 고노(河野)의 소개는 이 정도로 해 두고, 그럼 그가 그 날 아침 제 방을 방문했을 때로 되돌아가기로 하겠습니다.

그는 제 방에 들어오자 제 얼굴을 뚫어지게 바라다보고,

고노 "무슨 일이 있었습니까? 안색이 매우 안 좋은 것 같습니다만."

라고 묻는 것입니다.

나 "어젯밤 잠을 이루지 못했으니까요."

저는 아무렇지도 않게 대답했습니다.

고노 "불면증입니까? 그거 참 안 됐네요."

그리고 우리는 잠시 여느 때와 마찬가지로 토론인지 잡담인지 종잡을 수 없는 이야기를 주고받았습니다. 그러나 이윽고 저는 그런 한가한 대화에 더 이상 참을 수 없게 되었습니다. 툭하면 어젯밤의 일로 머리가 먹먹해져서 고노의 박식한 체하는 토론 등은 전혀 귀에 들어오지 않습니다. 그렇게 안달복달하고 있는 사이에 저는 갑자기 '이 남자에게 이야기해서 그의 판단을 들어보는 것이 좋지 않을까?'라는 생각이 들었습니다. 그러면 상당히 저를 이해도 해 줄 테니, 왠지 모르게 이야기하기 편한 생각이 드는 것입니다. 그래

서 저는 어젯밤의 자초지종을 전부 그에게 숨김없이 이야기해 버렸습니다. 들키지 않고 남을 들여다볼 수 있는 장치의 비밀을 털어놓을 때는 무척 창피한 생각도 들었지만, 상대방이 제 이야기 잘 들어주어서 겁쟁이인 저는 말을 많이 하게 되었습니다.

11.

고노는 제 이야기에 대단히 흥미를 느낀 것처럼 보였습니다. 특히 들키지 않고 남을 들여다볼 수 있는 장치는 그를 기뻐서 어찌할 바를 모르게 만들었습니다.

고노 "그 안경이라는 것은 어느 것입니까?"

그는 무엇보다도 먼저 그것을 묻는 것이었습니다. 제가 여름 외투를 벗어 바로 그 장치를 보여 주었더니,

고노 "허, 정말 재미있는 것을 생각해냈군요."

그는 연속해서 감탄하면서 직접 그것을 들여다보는 것입니다.

고노 "확실히 여기에 그런 그림자가 비치는군요. 지금도 말씀하신 대로 환상으로 치기에는 이상하네요. 그러나

그 여자는 (아마 여자이겠지요.) 적어도 크게 다쳤을 테니까, 그것을 지금까지 알 수 없다고 하는 것도 이상하지만."

그리고 잠시 뭔가 생각에 잠겨 있는 모습이다가 이윽고,

고노 "아냐, 반드시 불가능하지는 않아요. 만일 피해자가 부상을 당하기만 했다면 이상하지만 그 여자가 죽어 버렸다고 하면, 사체를 감추고 남은 피 등은 닦아 낼 수도 있으니까요."

나 "하지만 제가 그것을 본 것이 10시 35분이고 그리고 나서 목욕탕에 갈 때까지 5, 6분밖에 지나지 않았어요. 그 얼마 안 되는 사이에 사체를 숨기거나 청소를 할 수가 있을까요?"

고노 "경우에 따라서는 못하는 것이 아니니까요."

고노는 의미가 있는 듯이 말했습니다.

고노 "예를 들어 … 아니 상상 같은 것은 뒤로 미루고 다시 한번 목욕탕을 조사해 보지 않겠습니까?"
나 "그러나"

저는 계속해서 주장했습니다.

나 "아무도 없어진 사람은 없잖아요? 그렇다면 여자가 죽었다는 것도 이상해요."

고노 "그것은 알 수 없습니다. 어젯밤 같이 안 묵는 손님이 많이 있어 무척 혼잡했던 것 같으니까, 누가 행방불명 되어 있지 않다고도 할 수 없어요. 그리고 거기 집에서는 어젯밤 일이 생기고 나서 바로 다음 날 아침 일어난 일이라서 아직 모르고 있는지도 모릅니다."

그래서 우리는 아무튼 목욕탕에 가 보기로 했습니다. 저로서는 가 볼 필요도 없다고 생각했는데 고노의 호기심이 다시 한번 자기 눈으로 조사해 보지 않으면 납득하지 않았습니다.

탈의실에 들어가자 우리는 뒤에 있는 문을 완전히 닫고 여관 목욕탕치고는 사치스러울 정도로 넓은 그곳의 마루방(탈의실)을 둘러보았습니다. 고노는 예리한 눈초리로 (그의 눈은 때에 따라서는 대단히 예리하게 빛나는 것이었습니다.)

고노 "여기는 아침 일찍 청소하게 되어 있으니까 피의 흔적이 있다고 하더라도 슬쩍 보기만 해서는 알 수 없게끔 닦아져 있는지도 모르겠습니다."

그리고 갑자기 깨달았다는 듯이

고노 "어, 이건 이상하네요. 이 매트는 항상 이런 거울 앞에는 없었을 텐데. 이것의 바른 위치는 이 목욕탕 입구에 있어야 합니다."

그는 그렇게 말하면서 발끝으로 종려나무로 만든 그 폭이 넓은 매트를 있어야 할 곳으로 밀어서 그쪽으로 보냈습니다.

고노 "아, 이것은?"

그가 이상한 소리를 내서 놀라서 거기를 보자, 지금까지 매트로 가려져 있던 마루청(청널)에는 거의 사방 두 자 넓이로 흠뻑 검은 얼룩이 묻어 있는 것입니다. 그것이 피를 닦아 낸 흔적인 것은 한눈에 보아도 충분히 헤아릴 수 있었습니다.

12.

　고노는 소맷자락에서 손수건을 꺼내서 그 피의 흔적 같은 것을 북북 문질러 보았는데 정말 잘 닦여져 있는 것으로 보여 손수건 끝이 아주 약간 희미하게 빨개질 뿐이었습니다.

고노 "아무래도 피 같군요. 잉크나 그림물감의 색과는 달라요."

그리고 그는 더욱더 그 부근을 조사하며 다녔는데,

고노 "이것을 보세요."

라고 하며 손가락으로 가리키는 곳을 보니, 매트로 가려진 군데 이외에도 여러 곳에 점점이 피의 흔적 같은 것을 확인할 수 있었습니다. 어떤 것은 기둥이나 벽 아래에 어떤 것은 판자를 댄 곳 위에 잘 닦여져 있어서 거의 구분할 수 없을 정도로 되어 있었지만, 그렇게 생각하고 보니 아니나 다를까 대단히 많은 혈흔 같은 것이 있습니다. 그리고 그 점점이 흩어진 혈흔을 따라가니 부상당한 사람 또는 죽은 사람은 분명히 목욕탕 속에 들어간 흔적이 있습니다. 그러나 그러고 나서 어디로 간 것인지 어디로 실려 간 것인지 끊임없이 목욕물이 흐르고 있는 시멘트 바닥으로 되어 있어 물론 전혀 알 수 없습니다.

고노 "아무튼 카운터에 알려주는 것이 어떻겠습니까?"

고노는 단단히 마음먹고 말하는 것입니다.

나 "네."

저는 몹시 곤란해하며 대답했습니다.

나 "그러나 바로 그 들키지 않고 남을 들여다볼 수 있는 장치에 관해서는 부탁이니 말하지 말아 주세요."
고노 "하지만 그것은 중대한 단서이에요. 예를 들어 피해자가 여자였던 것이라든가 단도 모양이라든가."
나 "하지만 제발 그것만은 말하지 마세요. 부끄럽기만 하지 않습니까? 그런 범죄 같이 보이는 장치를 하고 있었다

고 하면, 왠지 나 자신이 의심을 받을 것 같고 해서 그
것도 걱정입니다. 단서는 이 혈흔만으로 충분치 않습
니까? 그 뒤는 내 증언 같은 것은 없어도 경찰 사람들
이 잘 해 주겠지요. 제발 그것만은 봐 주세요."

고노 "그렇습니까? 그렇게 말씀하시면 뭐 말 안 하는 것으로
하지요. 그럼 여하튼 알려주고 올 테니까요."

고노는 자기 할 말만 해 버리고 카운터 쪽으로 달려가는
것입니다. 남겨진 저는 그냥 정말 몹시 당혹해서 멍하니 거
기에 잠시 멈춰 서 있었습니다. 생각해 보니 큰일이 난 것입
니다. 제가 본 것은 꿈도 환상도 아니고 진짜 살인이었습니
다. 이 혈흔의 분량에서 생각하면 아까 고노가 상상한 대로
아마 피해자는 죽었겠지만, 범인은 그 사체를 어디로 가지
고 갔다고 하는 걸까요? 아니 그런 것보다도 살해당한 여자
는 그리고 살해한 남자는(아마 남자일 것입니다.) 도대체
어떤 사람일까요? 지금쯤 여관 사람들이 전혀 의심을 품지
않은 점을 보면, 숙박하고 있는 사람 중에 행방불명된 사람
이 없다고 보입니다. 그러나 누가 일부러 외부에서 이런 곳
에 상대를 데리고 들어와서 살인 같은 것을 할까요? 생각하

면 생각할수록 이상한 일 투성이가 아닙니까?

이윽고 복도 쪽에 여러 명의 어수선한 발소리가 나더니, 고노를 선두로 여관 주인, 지배인(番頭)16), 하녀 등이 목욕탕에 들어왔습니다.

여관 주인 "제발 시끄러워지지 않게 해 주십시오. 인기에 좌우되는 가업17)이니까요. 그렇지도 않은 일이 세상 소문이 되거나 하면 장사에 지장이 있으니까요."

뒤룩뒤룩 살찐 호반정의 주인은 거기에 들어오자마자 소곤거리는 소리로 말했습니다. 그리고 혈흔을 보자,

여관 주인 "아니, 이것은 무슨 국물을 흘린 거예요. 살인이라니 그런 말도 안 되는 소리를 합니까? 첫째로 크게 외치는 소리를 들은 사람도 없거니와 안에 있는 손님 중에서 안 보이게 된 사람도 없으니까요."

---

16) 지배인(番頭) : '番頭(ばんとう, bantou)'는 ①상점 등의 고용인의 우두머리. ②영업·경리 등, 가게의 모든 것을 관장하는 사람. 지배인.

17) 인기에 좌우되는 가업(人気稼業, ninki-kagyou) : 예능인 등과 같이 인기 유무에 따라 벌이의 다과가 좌우되는 직업.

그는 억지로 부정하는 듯이 말하면서도 그러나 내심으로는 몹시 겁을 먹고 있는 것 같이, 하녀들 쪽을 돌아보고 캐묻는 것이었습니다.

여관 주인 "오늘 아침 여기를 청소한 사람은 누구야?"
하녀 "산조(三造) 씨입니다."
여관 주인 "그럼 산조를 여기로 불러와, 조용히 해야 돼."

산조(三造)라는 사람은 여관의 목욕물을 데우는 남자였습니다. 하녀를 따라 온 모습을 보면, 평소 어수룩한 사람으로 약간 모자란다는 소문의 그는 마치 자신이 살인범이라도 된 것처럼 새파래져서 주뼛주뼛하고 있습니다.

여관 주인 "너, 이것을 모르고 있었어?"

주인은 호통치듯이 말했습니다.

산조 "예, 전혀 몰랐습니다."
여관 주인 "청소는 네가 했지?"
산조 "예"
여관 주인 "그럼 모를 리가 없지 않느냐? 틀림없는 거지? 여기에 있던 깔개를 옮겨 보지 않았던 거지? 그런 식으로 청소하는 법이 어디 있어? 어째서 그렇게 일하기를 싫어하는 거야? … 뭐 그건 됐고, 너는 어젯밤 여기에서 이상한 소리 듣지 못했어? 죽 물을 데우는 곳에 있었지? 크게 외치는 소리가 나면 들렸을 테니까."

산조 "예, 특별히 이렇다 할 소리는 …."

여관 주인 "못 들었다고 하는 거야?"

산조 "예"

라는 상황입니다. 저희에게는 눈초리에 주름살을 짓고, 간사한 목소리로 말을 하는 주인이 하인을 대하면, 이렇게도 방자해지는 법이구나 하고 저는 적잖이 불쾌감을 불러일으켰습니다. 그렇다고 하더라도 산조라는 사람은 이 얼마나 흐리터분한 남자일까요?

13.

 그러고 나서 '혈흔이다' '아냐 혈흔이 아니다'라고 주인은 끝까지 가업의 지장을 두려워해서 일을 악화시키지 않겠다고 하고, 고노도 자기주장을 견지하고 물러나지 않아, 어쩌다가 별난 논쟁이 시작된 것입니다.

여관 주인 "귀하도 이상한 분이네요. 이런 무엇이 흘린 것인지 알 수도 없는 것을 보고, 마치 살인이 있었다고 정해 버리는 식의 말을 하시지 않습니까? 귀하는 우리 여관에 트집을 잡고 싶은 것입니까?"

 주인은 이제 당장이라도 싸울 듯한 태도를 취하는 것입니다. 이렇게 되면 저는 혹시 고노가 들키지 않고 남을 들여다볼 수 있는 장치 건을 꺼내지는 하지 않을까 하고 정말 제정신이 아닙니다. 어떤 주인이라도 그것을 털어놓기만 하면 틀림없이 납득할 테니까요.

그러나 때마침 하녀 한 명이 황급히 들어왔습니다. 그녀들이 모두 이미 혈흔에 관해서는 알고 있습니다. 따라서 너나없이 행동거지가 상궤를 벗어나고 있습니다.

하녀 "주인어른 나카무라 가게에서 초키치(長吉) 씨가 아직 돌아오지 않는다고 합니다."

이 갑작스러운 보고가 국면을 전환시켰습니다. 고집을 부리고 있던 여관 주인도 이제는 침착하게 있을 수는 없습니다. 초기치(長吉)라는 사람은 그리 멀지 않은 산기슭의 도시에 있는 기생입니다. 그 사람이 어젯밤 호반정에 불려서 오기는 틀림없이 왔기는 왔는데 그대로 행방을 알 수 없게 된 것입니다. 나카무라 가게에서는 어젯밤은 호반정에 머물렀다고 생각하고(시골이라서 그런 점은 매우 느슨합니다.) 별로 걱정도 안 하고, 겨우 지금이 되어서 전화를 걸어 온 것이었습니다.

지배인 "네, 그것은 많은 인원으로 구성된 극단의 손님들을 배웅하고, 다른 가게의 기생들과 함께 그 아이도 확실히 자동차를 탔다고 생각합니다만."

주인으로부터 힐문을 받자 지배인이 쩔쩔매면서 대답했습니다. 그러나 그 자신도 아무래도 확실한 기억은 없는 것 같습니다.

그때 소란을 듣고 부인도 찾아왔고 하녀들도 모여들었습니다. 그리고 초기치를 보았다든가 보지 않았다든가 제각기 말하는 것입니다. 그것을 듣고 있으니, 결국에는 초기치라는 기생이 과연 어젯밤 왔는지 어떤지 그것조차 의심스러워집니다.

하녀 1 "아니오, 정말 와 있던 것은 틀림없어요."

그러자 하녀 한 사람이 뭔가를 생각난 것처럼 말했습니다.

하녀 1 "그건 10시 반경이었습니다. 술병을 들고 이층 복도를 걷고 있었더니, 갑자기 11번 맹장지가 덜커덕 열리고 초키치 씨가 뛰어나왔어요. 그 아이를 부른 것은 큰 객실 쪽이지요. 전 이상하게 생각해서 뒷모습을 보고 있었어요. 그러자 초키치 씨들, 마치 무엇인가에 쫓기고 있는 것처럼 분주하게 맞은편 쪽으로 달려갔어요."

하녀 2 "맞아, 맞아, 그래서 생각이 났어." 또 한 명의 하녀가 그 말을 받아 말하는 것입니다.

하녀 1 "마침 그때였어. 제가 아래층의 변소 앞을 지나고 있었는데 11번의 수염이 있는 분이 말이지 그 사람이 다가와서, 지금 여기를 초키치가 지나가지 않았느냐고 몹시 무섭고 사나운 얼굴을 하며 묻는 거예요. '모르겠습니다.'라고 말하자, 일부러 변소 안에 들어가서 문을 열고 찾고 있는 게 아니에요. 너무 이상해서 잘 기억하고 있어요."

그것을 듣고 저도 또한 마음에 짚이는 것이 있었습니다. 그래서 엉겁결에 그들의 말에 끼어들지 않고는 견딜 수 없었습니다.

나 "그 11번에 묵고 있던 손님은 혹시 양복을 입은 두 사람으로 커다란 트렁크를 들고 있는 사람이 아냐? 그리고 어젯밤 늦게 여기를 떠났지?"

하녀 1 "네, 그렇습니다. 커다란 트렁크를 하나씩 들고 계셨습니다."

그래서 잠시 동안 11번 손님에 관해 부산한 대화가 이루어졌습니다. 지배인이 말하는 바에 따르면, 그들은 아무런 예고도 없이 갑자기 출발 준비를 하고 내려와서 카운터에서 숙박료 지불을 마치자 황급히 차도 안 부르고 나갔다는 것입니다. 그렇다고 하지만 호반의 마을에는 승합자동차의 발착장이 있어 특별한 요금만 내면 시간에 상관없이 차를 출발시킬 수 있어서 그들은 그 발착장까지 걸어갔는지도 모르지만, 그래도 출발할 때의 당황하는 모습이 결코 예사스럽지 않았다고 합니다. 제가 본 그들은 이상한 거동도 그렇고, 지금 지배인의 말도 그렇고, 그리고 초키치의 행방불명, 목욕탕의 혈흔, 그뿐만 아니라 거울의 그림자와 출발의 이상한 시간의 일치. 아무래도 그것들 사이에 연관이 있을 법한 생각이 드는 것이 아니겠습니까?

14.

 '뒷수습에 관해서는 이 여관의 주인인 제가, 어떻게든 할 테니까, 여러분들은 일단 방에 물러가 있어 달라, 그리고 너무 떠들지 않도록 해 달라'고 주인은 끝까지 은폐주의였습니다. 고노와 저는 방해꾼의 취급을 받으면서까지 이 사건에 말참견할 필요가 없어 제 방으로 돌아왔습니다.

 저로서는 무엇보다도 먼저 바로 그 들키지 않고 남을 들여다볼 수 있는 장치가 걱정이었습니다. 그렇다고 해서 대낮에 그것을 떼낼 수는 없습니다.

고노 "뭐, 여기서도 그들이 무엇을 하고 있는지 잘 보여요."

 제 생각도 모르면서 고노는 걸치고 있던 외투를 벗고 또다시 거울을 들여다보고 있습니다.

고노 "이 얼마나 멋진 장치인가요? 이봐, 보세요. 주인의 쌔무룩한 얼굴이 크게 비치고 있어요."

달리 어찌할 방도도 없어서, 저도 그곳을 들여다보니, 아니나 다를까 거울의 속에서는 뚱뚱보인 주인의 얼굴 반이 두툼한 입술을 움직이며 지금 뭔가 말하는 중이었습니다. 그것이 거의 거울의 3분의 1 정도의 크기로 확대되어 비치는 것입니다.

앞에서도 말한 바와 같이 들키지 않고 남을 들여다볼 수 있는 장치로 보는 경치는 마치 물속에 들어가서 눈을 뜬 세계처럼 이상하게 탁해서 뭐라고 말할 수 없는 무시무시한 모습을 더하고 있습니다. 때가 때인지라 어젯밤의 무서운 기억이 아직 사라지지 않은 제게는 거기에 비치고 있는 나병 환자와 같은 주인의 얼굴에서 갑자기 줄줄 피가 흐를 것 같은 생각도 들어 거의 차마 눈 뜨고 볼 수 없었습니다.

고노 "귀하는 어떻게 생각합니까?"

잠시 후, 고노는 거울에서 얼굴을 들고 말했습니다.

고노 "만일 정말 초키치라는 기생이 행방불명되었다고 하면, 아무래도 11번방의 손님이 수상하지는 않을까요? 나는 알고 있는데 그 두 남자는 4, 5일 전부터 묵고 있었습니다. 별로 밖에도 나가지 않고, 가끔 기생 등을 불러도 큰 소리를 내지 않고 대개는 조용해서 무엇을 하고 있는지 모릅니다. 전혀 유람객 같지 않습니다."

나 "그러나 그들이 수상하다고 해도 이 지역의 기생을 죽인다는 것도 이상하고 게다가 설령 죽여 봤자 그 사체를 어디에 감출 수 있었을까요?"

저는 자욱이 솟아오르는 어떤 무서운 생각을 계속 부정하면서 마음에도 없는 이런 말을 했습니다.

고노 "그것은 호수에 처넣은 것인지도 모릅니다. 그렇지 않으면 또 … 그들이 들고 있던 트렁크라는 것은 얼마나 되는 크기였나요?"

가슴이 철렁하면서도 대답하지 않을 수 없었습니다.

나 "보통 트렁크 중에서는 가장 큰 것이었습니다."

고노는 그것을 확인하자 뭔가 신호라도 하는 듯이 제 눈을 들여다보았습니다. 말할 필요도 없이 저와 같은 생각을 품고 있습니다. 둘은 아무 말 하지 않고 서로 노려보고 있었습니다. 그것은 입 밖에 내기에는 너무나도 무서운 상상이었기 때문입니다.

고노 "보통 트렁크로는 도저히 사람 한 명이 들어갈 수 없어요."

얼마 안 있어 고노는 창백한 눈 아래를 실룩실룩하면서 말했습니다.

나 "이제 그 이야기는 그만두지 않겠어요? 아직 누가 죽였다고도 아니 살인이 있었다는 것조차 정해지지 않았으니까요?"

고노 "그렇게 말해도 귀하도 역시 저와 같은 것을 생각하고 있지요?"

그리고 우리는 다시 입을 다물고 말았습니다. 가장 무서운 것은 사람 하나를 두 개의 트렁크에 나눠 넣었다는 상상이었습니다. 그것이 아무도 알아차리지 못하도록 목욕탕의 몸 씻는 곳에서 사체를 처리할 수 있었는지도 모릅니다. 거기에서 아무리 엄청난 양의 피가 흘러도 전부 호수 속으로 흘러 들어가게 하는 것입니다. 그러나 거기에서 그들은 초키치의 사체를 딱 두 동강이로 절단했을까요? 저는 그것에 생각이 미쳤을 때, 섬뜩 자기 척추뼈에 도끼의 날이 박힌 듯한 통증을 느꼈습니다. 그들은 도대체 무엇으로 그것을 절단한 것일까요? 미리 흉기를 준비하고 있었는지 그렇지 않으면 정원 구석에서 도끼라도 훔쳐서 가지고 온 것인지.

한 사람은 입구 문이 있는 곳에서 망을 보고 있었는지도 모릅니다. 그리고 한 사람은 목욕통 옆의 몸 씻는 곳에서 요염한 여자의 시체를 앞에 두고 도끼를 치켜들고 있었는지도 모릅니다.

독자 여러분, 저의 지나치게 신경 과민한 상상을 웃지 말아 주세요. 나중에 생각해 보면 이상한 것 같지만 그때의 우리는 그 피를 보는 듯한 참혹한 광경을 또렷이 눈앞에 그렸던 셈입니다.

그런데 그 날 오후가 되자 사건 점점 현실성을 띠기 시작했습니다. 초키치의 행방에 관해서는 나카무라 가게에서도 온갖 수단을 동원해서 찾은 것 같지만 여전히 행방불명입니다. 호반정 카운터에는 마을의 주재소(駐在所, 파출소)의 순사를 비롯하여 산기슭에 있는 도시의 경찰서장과 형사 등이 속속 몰려들기 시작했습니다. 소문은 이미 온 마을에 퍼져서 여관 앞은 사람들로 꽉 찼습니다. 여관 주인의 걱정에도 불구하고 호반정 살인사건은 이미 세상에 공공연하게 알려지고 말았습니다.

말할 필요도 없이 고노와 저는 사건을 발견한 사람이라서 엄중한 심문을 받아야 했습니다. 먼저 고노가 혈흔을 발견한 당시의 상황을 자세히 진술하고 물러나자, 그다음 제가 서장 앞으로 불려갔는데 저는 그 자리에서 고노의 말한 내용을 다시 되풀이하는 것이었습니다.

심문이 대충 다 끝나고 나서 서장은 문득 생각이 난 듯 이런 말을 했습니다.

서장 "그런데 자네들은 어째서 목욕탕에 가 본 거야? 아직 목욕물도 끓이지 않았다고 하던데, 거기에 뭐하러 들어간 건가?

저는 덜컥 말문이 막혔습니다.

15.

 만일 이때 사실 그대로 자백하지 않았다면 나중에 돌이킬 수 없는 일이 되지는 않을까. 저까지도 이 살인사건과 무슨 관련이 있는 것처럼 의심받지는 않을까? 그런 식으로 생각하니 들키지 않고 남을 들여다볼 수 있는 장치의 비밀을 밝혀 버리는 편이 좋을 것 같기도 합니다. 그러나 또 제가 탈의실의 틈으로 들여다보고 있었다는 것이 호반정 사람들에게 널리 알려졌을 때의 부끄러움을 상상하면, 이것도 한층 견딜 수 없는 일입니다. 눈 깜짝할 사이에 저는 이 두 개 중의 어느 것을 고를까 몹시 갈피를 못 잡았지만, 내성적인 저는 결국 부끄러움 쪽이 앞서서 상당한 위험은 느끼면서도 그만 나도 모르게 거짓말을 하고 말았습니다.

나 "탈의실에 제 비누를 두고 오지 않았나 하고 생각해서입니다. 실제는 그렇지 않았지만, 아침에 세수하려고 했는데 비누가 없어져서 엉겁결에 그런 식으로 생각하고 탈의실에 들어가 봤는데 그때 우연히 그 혈흔을 발견했습니다.

저는 그렇게 말하면서 옆에 있던 고노에게 슬며시 눈짓했습니다. 만일 그가 나중에 사실을 말해 버리면 큰일이라서 생각하고 그것을 사전에 막기 위해서입니다. 민감한 그는 말할 필요도 없이 제 미묘한 눈의 움직임을 깨달은 것 같았습니다.

그러고 나서 호반정의 주인을 비롯해서 지배인, 하녀, 머슴, 결국에는 묵고 있는 손님에 이르기까지 모든 사람이 일단의 취조를 받았습니다. 검사 등도 아직 오직 않아 그것은 단지 임시 조사라는 식의 것으로, 특별히 좌우를 물리치지 않고 한 방에 어지럽게 뒤섞여서 모여 있는 사람들을 계속해서 심문해 가는 것이어서 저는 거의 모든 진술을 옆에 있으면서 들을 수 있었습니다.

고노는 제 무언의 간청을 받아들여 제 거짓말과 말을 맞춰 주었습니다. 그것을 듣고 저는 겨우 마음속의 고민과 걱정이 사라진 것처럼 생각했습니다. 주인을 비롯해서 여관 사람들의 진술에도 별반 새로운 사실은 없고 모두 우리가 미리 들었던 내용과 같았습니다. 그리고 그것들을 종합하면 경찰 사람들도 역시 트렁크를 들은 신사를 의심하는 것 이외에 달리 방도는 없는 것 같았습니다.

또 범죄 현장이 아주 면밀히 조사된 것은 말할 필요도 없습니다. 우리는 사건을 처음 발견한 사람으로서 그것에도 입회할 수 있었는데 오랜 경험으로 일의 처리 능력이 노련한 형사 한 사람은 마룻장의 얼룩을 보자 이내 혈흔임이 틀림없다고 감정했습니다. 이것은 나중에 안 것인데 담당 검사의 의견 등도 있어 만일의 경우를 대비하자고 해서 그 혈흔을 닦아 낸 다음 지방 의과대학에 보내 검사시킨 결과, 이 형사의 감정은 조금도 틀리지 않았다는 것을 알았습니다. 그것은 다른 동물 등의 것이 아니라, 바로 인간의 혈액임이 틀림없는 것으로 판명된 것입니다.

연이어 형사가 추정한 바에 의하면 혈흔의 분량에서 미루어 피해자는 아마 죽었다는 것, 범인은 사체를 목욕탕의 시멘트 바닥에서 처리한 것이 틀림없다는 등

모두 아마추어인 우리가 상상한 것과 큰 차이는 없었습니다.

혹시 흉기 이외의 유실물이 없는지 목욕탕 주위, 용의자인 신사가 묵었던 11번 방 등도 빠짐없이 조사했지만 뭐 하나 단서가 될 만한 물건은 남아 있지 않았습니다.

피해자로 추정되는 초키치의 신원에 관해서는 마침 포주(抱主)[18])인 나카무라 가게의 부인이 호반정에 부랴부랴 달려와서 그녀로부터 상세히 알 수가 있었습니다. 그때 그녀는 말을 많이 하며 여러 가지 일을 떠들어 댔습니다. 하지만 요컨대 우리가 생각해도 '이것'이라고 할 만한 의심스러운 사실은 하나도 없었습니다. 초키치는 1년쯤 전에 같은 지역의 N이라는 도시에서 나카무라 가게로 포주를 바꾸고 옮겨 와서, 이전의 일은 물론이거니와 나카무라 가게에 오고 나서도 그녀한테는 달라진 데가 없고, 몸을 파는 직업에 종사하는 여자로서는 조금 지나치게 음침한 기질이 있었다는 것을

---

18) 포주(抱主) : 창녀 등을 두고 영업을 하는 사람.

굳이 특징이라고 하면, 말할 수 있을 정도였습니다. 또 남자와의 육체적 관계도 평소의 단골손님 이외에는 없는 것처럼 생각된다고 하는 것이었습니다."

포주 "어젯밤은 이곳에 있던 많은 인원의 손님들 술자리에 불려 와서 마침 여기에 있는 쓰타야(蔦家)의 시메지(〆治) 씨도 같이 있었습니다만, 8시경에 도시를 나왔으니까 나올 때도 특별히 달라진 모습은 없었던 것 같고, 술자리에서도 평소대로 하고 있습니다."

포주의 진술은 결국 이런 식의 두서도 없는 것에 지나지 않았습니다. 그때 서장은 초키치와 트렁크 신사(숙박부의 이름은 마쓰나가(松永) 아무개로 되어 있습니다. 종자(從者)라고 보이는 쪽은 남자는 아마 틀림없이 기무라(木村)라고 했습니다. 그러나 두 사람 모두 그 후 행방이 묘연하여 이름을 확실히 말씀드릴 수도 없습니다.)의 관계에 관해 그녀에게 뭔가 마음속에 집히는 것은 없는지 물었습니다. 그러나 이것에 대해서도 그녀는 초키치가 두세 번 마쓰나가(松永) 아무개의 술자리에 불려갔다고 하는, 이미 알고 있는 사실 이외에 특별히 덧붙일 만한 점도 없었습니다. 그리고 여관 지배인과 시메지라는 기생의 증언에 의하면, 마쓰나가와 초키치의 관계는 단지 술상대로 불린 정도에서 벗어나지 않은 것도 알았습니다.

16.

 결국 그 심문에 의해 판명된 것은 우리가 미리 알고 있던 이상의 것은 아니라는 것이었습니다. 그뿐만 아니라 바로 그 들키지 않고 남을 들여다볼 수 있는 장치에 관해 털어놓지 않아서 그들은 어떤 의미에서는 이 사건에 관해 우리보다도 더 알지 못한다고 하지 않을 수 없습니다. 예를 들어 범행 시간도 우리는 10시 35분경이라고 상당히 정확하게 알고 있는 것에 반해, 그들은 하녀가 초키치나 마쓰나가의 이상한 거동을 본 시간에서 범행이 아마 그 무렵 이루어진 것이라고 추정하고 있는 것에 불과합니다.

 그래서 여하튼 용의자인 마쓰나가의 행방 수색이 이루어지게 되었습니다. 정확히 말하면 그때는 아직 과연 살인죄가 성립되었는지 어떤지도 확실하게 된 것도 아닙니다. 탈의실의 혈흔과 초키치의 소재 불명, 마쓰나가의 이상한 출발 등의 부합으로부터 약간 그것을 상상하게 만드는 정도에 지나지 않았습니다. 그러나 이 경우 누가 생각해도 마쓰나가의 행방 수색이 선결 문제인 것은 말할 필요도 없는 일입니다.

다행히 고노가 마을의 순사와 알고 지내는 사이여서 우리는 나중에 당국의 의견과 수색의 실제를 어느 정도까지 빠짐없이 들을 수가 있었지만 일단 호반정의 취조가 끝나고 지체없이 이루어진 마쓰나가의 행방 수색은 결국 아무것도 얻지 못했습니다. 주로 저와 여관 지배인이 진술한 그들의 출발 당시의 옷차림에 근거해서 가도(街道) 연변의 도시나 마을을 탐문하며 돌아다닌 셈인데, 이상하게도 '양복 차림에 트렁크를 손에 든 사람'이라는 조건에 해당하는 인물은 전혀 모습을 보이지 않는다고 합니다. 그렇다고 해서 그 밖의 표징은 마쓰나가가 토실토실 살찐 남자이고, 코 밑에 수염을 기르고 있다는 정도입니다. 만일 그들이 트렁크를 어딘가에 감추고 교묘하게 변장을 해 버리면, 남의 눈에 띄지 않고 끝까지 도망칠 수 있는 것도 불가능하지 않습니다.

그들이 도주하는 데의 최대 장애물은 두 말 말할 필요도 없이 바로 그 눈에 띄기 쉬운 트렁크입니다. 그들은 필히 그것을 도중에 남몰래 처분했음이 틀림없습니다. 경찰도 그

점을 알아차리고 이것도 또한 가능한 한 탐색한 것인데, 역시 좋은 결과는 얻지 못했습니다.

그리고 나서 며칠 동안 마을 사람을 고용하여 부근의 산들은 말할 것도 없이 호수 바닥까지도 거의 완벽할 정도로 수색이 이루어졌지만 (호숫가에 가까운 부분은 비교적 수심이 깊지 않고 게다가 물이 깨끗해서 배를 띄우고 들여다보며 돌아다니기만 하면 그 바닥에 있는 것은 손바닥을 보듯이 훤히 보입니다.) 여전히 아무것도 얻지 못했습니다. 이렇게 해서 사건은 결국 미해결인 채 끝나는 것이 아닌가 하고도 생각되었습니다.

그러나 이상은 표면상의 사실에 지나지 않고, 그 이면에는 더욱 이해할 수 없는 일이 일어나고 있었습니다.

이야기는 원래대로 돌아가서 사건 당일 호반정에서 취조가 있었던, 그 날 밤의 일인데, 설사 일시적으로 발각을 모면했다고 하더라도 저는 아무리 해도 들키지 않고 남을 들여다볼 수 있는 장치가 신경이 쓰여 가만히 있을 수가 없었습니다. 그래서 밤에 그 장치를 해체할 생각으로 안달복달하며 사람들이 모두 잠들어 조용해지는 것을 기다리고 있었습니다.

경찰 사람들이 목욕탕 주위를 조사했을 때, 저는 얼마나 마음이 조마조마해졌을까요? 수목 때문에 가려져 있어도 지붕 밑에 들어가 올려다보기만 하면 그 쥐색 통은 분명히 의심을 끌었을 것입니다. 그러나 저로서 다행스럽게도 형사들은 무엇인가가 떨어져 있지 않은지 발자국이 나 있는지 땅만 둘러보고 위쪽에는 전혀 주의를 기울이지 않아서 이 이상한 장치는 가까스로 발각을 면할 수 있게 된 셈입니다.

그러나 내일이 되면 또한 가일층의 면밀한 조사가 이루어질 것이고 언제 언제까지나 이대로 끝날 리는 없습니다. 무슨 일이 있어도 오늘밤 중에 떼 내지 않으면 안심할 수 없습니다.

그 날 밤은 사건 때문에 집 안이 어쩐지 소란스럽고 여느 날보다도 상당히 늦게까지 이야기가 끊이지 않았는데 12시가 지났을 무렵에는 가까스로 사람들도 모두 잠들어 고요해진 것 같았습니다. 저는 그래도 조심하는 것이 가장 좋다고 생각하여, 거의 1시 가까이 가만히 기다리고 있었습니다. 저는 자주 들키지 않고 남을 들여다볼 수 있는 장치를 보며 탈의실의 사람의 모습을 신경을 쓰고 있었는데 드디어 이제부터 창밖으로 몰래 나가서 비밀 작업에 착수하려고 할 때

무심코 다시 한번 거기를 들여다보니 한순간이었지만 뜻밖에 무시무시한 것이 거울 바닥에 꿈틀거리고 있는 것을 발견했습니다.

그것은 어젯밤 본 것과 전혀 다르지 않은 남자의 손끝이 클로즈업된 것이었습니다. 손등에는 역시 같은 상처 자국 같은 것이 보이고 굵고 억세 보이는 손가락 모양에서 전체적인 분위기가 어젯밤의 인상과 조금도 다르지 않습니다.

그것이 힐끗 보이는가 싶더니 퍼뜩 생각할 사이에 사라져 버렸습니다. 결코 꿈도 환상도 아닙니다. 저는 일의 의외성, 또한 무서움으로 인해 더 이상 아무런 그림자도 없는 거울 앞을 응시한 채 잠시 자리에서 움직일 수 없었습니다.

17.

 일시적인 안심을 되찾자, 저는 당장 목욕탕에 급히 달려갔습니다. 그러나 거기에는 지난밤과 마찬가지로 아무런 기색도 없습니다. 특히 사건 때문에 목욕물도 끓이지 않고 사람들은 어쩐지 무서워하며 거기에 가까이 가지도 않아서 탈의실은 한층 쓸쓸하고 희미하게 보였습니다. 그리고 잠깐 보이만 해서는 검은 마루방과 구별이 되지 않을 정도로 그 혈흔만이 그런고로 한층 유별나게 제 눈을 끌어당기는 것이었습니다.

 잠시 귀를 기울이고 있어도 물론 아무 소리도 들려오지 않습니다. 집 전체가 쥐 죽은 듯이 조용해져서 그 무서운 손목의 소유자 이외에는 틀림없이 누구 하나 일어나 있는 사람도 없을 것입니다. 그리고 그 남자는 거울의 그림자를 보고 나서 그다지 시간도 지나지 않았으니까 어쩌면 아직 그 부근 구석에 숨어 있지 않는다고도 할 수 없습니다. 그것을 생각하니 저는 더할 나위 없이 무서워져서 갑자기 목욕탕에서 도망쳤습니다.

그러나 방으로 돌아와 봐도 어떻게 가만히 하고 있을 수가 있겠습니까? 그렇다고 해서 여관 사람을 깨워 이 사실을 알리려면, 들키지 않고 남을 들여다볼 수 있는 장치의 비밀을 털어놓을 수밖에 없고, 저는 이제 와서 어째서 취조가 있었을 때 그것을 말해 버리지 않았는지 적잖이 후회해야만 했습니다.

하지만 그렇게 하고 있어도 한도 끝도 없으니, 렌즈 장치를 떼 내는 것을 뒤로 미루고, 황급히 유일한 의논 상대인 고노의 방을 찾아갔습니다. 그리고 잘 자고 있는 그를 염치없이 두드려 깨우고, 주변을 살펴 소곤거리는 소리로 일의 경위를 말했습니다.

나 "이것은 묘하지요."

그러자 고노는 이상한 얼굴을 하고,

고노 "범인이 일부러 찾아올 리는 없는데요. 게다가 손목을 본 것만으로 어제의 가해자라는 것을 어떻게 알았습니까?"

이 질문을 받자, 저는 비로소 그것을 깨달았습니다. 저는 멍청하게도 아직 한 번도 손목의 상처 흔적에 관해 그에게 말하지 않았던 것입니다. 그것과 동시에 자칭 마쓰나가라는 남자 혹은 그 동반자의 손목에 과연 똑같은 상처 흔적이 있었는가 하는 점에 생각이 미치자 그 중대한 사항을 한번도 생각해 보지 않았던 저의 어리석음이 새삼스레 부끄러워졌습니다.

고노 "그렇습니까? 그런 표시가 있었습니까?"

고노는 대단히 놀란 듯이 보였습니다.

나 "네, 그것은 아마 오른손이겠지만 이렇게 비스듬하게 한 일자(한一字)의 굵은 선이 거무칙칙하게 보이고 있습니다."

고노 "그러나 그것이 귀하가 잘못 본 것이 아니라고 하면 더욱더 이상하네요."

고노는 다소 의심스러운 듯이

고노 "저는 여관 사람들은 말할 것도 없이 여관에 묵고 있는 손님 등도 주의해서 관찰하고 있었는데 손등에 상처가 있는 사람은 한 사람도 보지 못했어요. 문제의 트렁크를 든 남자에게도 그런 것은 없었던 것 같습니다. 손등의 그림자가 상처 흔적처럼 보인 것은 아닙니까?"

나 "아니, 그림자치고는 색이 진합니다. 상처 흔적이 아니라고 하더라도 뭔가 그것과 비슷한 것이겠지요. 절대 잘못 본 것은 아닙니다."

고노 "그렇다고 하면 이것은 대단히 중대한 단서이네요. 그 대신 사건은 점점 알 수 없게 되네요."

나 "일이 이렇게 되면 저는 바로 그 비밀 장치가 걱정이 되어서 견딜 수 없습니다. 지금 당장 떼어 버리고 싶지만, 왠지 모르게 아직 그 부근에 살인자가 잠복하고 있는 것 같아서 어쩐지 기분이 나쁩니다."

고노 "역시 비밀로 해 두는 겁니까? 대단히 좋은 단서인데. 하지만 뭐 내게라도 가르쳐 주셔서 다행입니다. 실은 말이지, 나는 이 사건을 직접 탐정처럼 조사해 보려고 생각하고 있어요. 갑자기 이런 말을 하면 이상하게 들리지도 모릅니다만 나는 전부터 범죄라는 것에 일종의 흥미를 가지고 있었어요."

그리고 이것은 제 사추(邪推)[19]인지도 모르겠지만 고노는 오히려 들키지 않고 남을 들여다볼 수 있는 장치의 비밀을 경찰 당국에 알리지 않고 그가 독점하는 것을 바라고 있는 것처럼 보였습니다. 그 증거로는 "그렇게 말씀하시면, 저도 돕겠습니다."라고 하고 그는 제 렌즈 장치 제거 작업을 도와주었을 정도였습니다.

그것은 대단히 위험한 일이었습니다. 한밤중에 하는 일이고 부근에 사람이 있는 방도 없으니까 그 점은 안심이지만, 아까 본 손목의 남자가 정원 어두운 곳에 잠복하고 있다가 위해를 가하지 않는다고도 할 수 없고, 또 경찰 당국의 형사 등이 잠복하고 있지 않을 것도 아닙니다. 우리가 원숭이처럼 나뭇가지를 타면서 계속 정원 쪽을 조심하고 끊임없이 벌벌 떨며 일을 계속했습니다.

마분지로 만든 통이 여기저기에 간단히 달려 있는 것에 지나지 않아서 떼어내는 것은 성가시지는 않습니다. 이윽고 우리는 완전히 일을 마치고 방 쪽으로 되돌아가려고 지붕에

---

19) 사추(邪推) : 못된 의심을 품고 추측하는 것.

서 지붕으로 타고 기고 있을 때였습니다.

고노 "누구냐?"

제 뒤에서 갑자기 낮고 힘이 들어간 외침 소리가 났습니다. 고노가 무엇인가를 발견하고 고함을 친 것입니다.

살펴보니 정원 맞은편 구석 쪽에 호수의 희미한 빛을 배경으로 하여 하나의 검은 그림자가 웅크리고 있었습니다.

고노 "누구예요?"

고노가 다시 한번 고함을 쳤습니다.

그러자 그림자의 남자는 아무 말도 안 하고 일어나서, 훌쩍 건물 뒤로 숨고 쏜살같이 도망친 것으로 생각됩니다. 별로 엄중한 담 등이 있는 것이 아니고 호숫가를 타고 가면 끝까지 도망칠 수 있습니다. 그것을 보자 고노는 단숨에 지붕에서 내려와서 남자 뒤를 쫓아갔습니다.

정말 한순간에 일어난 일입니다. 눈 깜짝할 사이에 도망치는 사람도 쫓는 사람도 모습이 보이지 않게 되고 말았습니다.

저는 너무 놀란 나머지 지붕 위에 배를 깔고 엎드려서 기는 채로, 꼴사나운 모습을 하고 오랫동안 가만히 하고 있었는데 생각해 보니 아까 고노가 내렸을 때의 땅을 흔드는 소리가 여관 사람들에게 들렸는지도 모릅니다. 만일 그렇다고 하면 저는 한시바삐 내 방으로 돌아가야 합니다. 이 이상한 마분지 통이 남의 눈에 띄면 모처럼의 고심이 수포로 돌아갑니다. 아니 그것보다도 한밤중에 지붕을 기고 있던 것을 뭐라고 변명할 수 있겠습니까?

저는 몹시 서둘러서 방에 들어가자 팔에 안고 있던 물건을 트렁크 바닥 깊숙이 감추고 느닷없이 거기에 깔려있던 이불 안에 기어들어 갔습니다. 그리고 당장이라도 여관 사람들이 떠들어대지는 않을까 벌벌 떨며 귀를 기울여 듣고 있었습니다.

그러나 잠시 그렇게 하고 있어도 별로 소리도 들리지 않습니다. 다행히도 아무도 알아차리지 않는 것 같습니다. 저는 겨우 안심하고 그 대신 갑자기 걱정되기 시작한 고노의 신변을 또다시 걱정하고 근심했습니다.

고노 "소용없었어요."

이윽고 나뭇가지를 바스락거리며 창 쪽에 고노의 무사한

모습이 나타났습니다. 그는 방에 들어오자 제 머리맡에 앉아 추적의 결과를 보고했습니다.

고노 "되게 도망치는 발걸음이 빠른 녀석이라서 결국 시야에서 놓치고 말았습니다. 그러나 그 대신 좋은 것을 주웠습니다. 또 하나 증거품이 수중에 들어온 것입니다."

18.

고노는 그렇게 말하면서 정말 소중하게 품속에서 물건 하나를 꺼냈습니다.

고노 "이거예요. 이 지갑이에요."

본즉, 금장식이 달린 상당히 고급의 둘로 접는 지갑입니다. 그것이 부피가 크게 부풀어져 있습니다.

고노 "이것이 그 녀석이 도망치고 나서 떨어진 것이에요. 주위가 새카매서 수상한 놈의 모습 같은 것은 잘 확인하지 못했지만, 이 지갑은 마침 운 좋게 목욕탕 뒷문에서 빛이 비치고 있는 땅에 떨어져 있던 것이라서 알아차린 것입니다. 물론 그 녀석이 떨어뜨린 것에 틀림없습니다.

그래서 우리는 상당한 호기심을 가지고 지갑을

조사했습니다. 그리고 아무렇지도 않게 안에 있는 것을 꺼내 보았을 때 우리는 다시 깜짝 놀라지 않을 수 없었습니다. 거기에는 예상한 바와 같은 명함 기타 소유자를 나타내는 것은 뭐 하나 없고 지폐만이 그것도 빳빳한 십 엔짜리 지폐로 약 오백 엔 들어 있던 것입니다. 이것으로 보면, 지금 도망친 남자는 어쩌면 바로 그 트렁크를 든 신사인지도 모릅니다. 그 남자라면 이 지갑의 소유자에 상당하니까요."

무엇인지 정체를 모르는 것이 제 머릿속에서 개운치 않은 떨떠름한 생각이 들었습니다만 순간적으로 그런 상상이 떠올랐습니다.

고노 "그러나 이상하네요. 그 사람이 살인자 본인이었다고 하면 지금쯤 뭐 때문에 이 부근을 배회하고 있는 걸까요? 도망친 곳을 보면 형사 같은 사람은 아니고 범죄에 관계가 있는 사람임에 틀림없지만 그렇다고 하더라도 이상하네요."

고노는 생각을 거듭하고 나서 말했습니다.

나 "수상한 녀석의 용모와 자태는 전혀 몰랐습니까?"

고노 "네, 눈 깜짝할 사이에 도망친 것이니까요. 어둠 속을 박쥐나 뭔가가 날아 간 느낌이었습니다. 그런 느낌을 받았다고 하는 것이 즉 전통 옷을 입고 있었기 때문이 아닌가 생각합니다. 모자는 쓰고 있지 않았던 것 같습니다. 키와 몸집은 되게 큰 남자인 것 같기도 하고 그런가 생각하면 몹시 작은 남자인 것 같기도 하고 이상하게 기억이 나지 않습니다. 호숫가를 따라서 정원 밖으로 나가자 건너편 숲속으로 도망쳐 들어간 것 같았어요. 그 깊은 숲이니까요. 쫓아가 봤자 도저히 알 수는 없어요."

나 "트렁크를 든 남자는 (마쓰나가라든가 했는데) 토실토실 살찐 남자였는데 그런 느낌은 없었습니까?"

고노 "확실히는 모르겠는데 아무래도 다른 것 같습니다. 이것은 내 직감인데 이 사건에는 우리가 모르는 제삼자가 있는 것이 아닌가 생각해요."

고노는 어떤 것을 어렴풋이 낌새채고 있는 것 같은 어조였습니다. 그 말을 듣자 이상한 오한을 느끼면서 저도 그와 같은 느낌을 마음속에 품지 않을 수 없었습니다. 이 사건에는 누구도 아직 모르는 무서운 비밀이 잠재되어 있는 것은 아닐까요?

나 "발자국이 남아 있을지도 모르겠네요."
고노 "소용없어요. 요 2, 3일 계속해서 날씨가 쾌청하고 땅이 건조해서 게다가 정원에서 바깥쪽은 온통 풀이 나 있어서 도저히 분간할 수 없어요."
나 "그럼 지금으로서는 이 지갑이 유일한 단서이군요. 이것의 소유자만 알아내면 되는 셈이군요."
고노 "그렇습니다. 날이 새면 당장 모두에게 물어봅시다. 누군가 보고 기억하고 있는지도 몰라요."

그래서 우리는 거의 밤을 새우고 이 격정적인 사건에 관해 대화를 나누었습니다. 제 이야기는 괴담을 좋아하는 어린이가 그냥 무서운 것을 보고 싶어하는 호기심에 지나지 않았지만, 고노 이야기는 범죄사건 탐정에게 깊은 흥미를 가지고 있는 듯, 말의 구석구석에도 그의 판단력의 이상한 예리함이 흘끗 보이는 것이었습니다.

생각해 보면 우리는 사건의 발견자일 뿐만 아니라 들키지 않고 남을 들여다볼 수 있는 장치이든 또 지갑이라는 확실한 물건 증거까지 입수해서 경찰이 모르는 갖가지 단서를 쥐고 있는 셈이었습니다. 그것이 한층 우리를 흥분시킨 것입니다.

나 "유쾌하겠지요. 만일 우리 손으로 범인을 밝혀낼 수 있다면."

저는 요지경 안경이라는 걱정거리가 없어져서 다소 신바람이 난 기분으로 고노의 장기를 가로채서 이런 말도 해 보았습니다."

19.

고노 "그럼 이 지갑은 내가 맡아두겠습니다. 그리고 아침이 되면 즉시 지배인과 하녀에게 소유자에 대해 짐작 가는 데가 있는지 물어보겠습니다."

그런 말을 남기고 고노가 그의 방으로 물러간 것은 이미 거의 새벽에 가까운 무렵이었습니다. 저로서는 물론 일체의 탐색을 고노에게 맡기고 그냥 그 결과를 들으면 되니까 그가 새로운 보고를 가져올 때까지 얼마 안 되는 시간이라도 잠을 자 두겠다고, 이야기에 몰두하는 바람에 잠옷 차림으로 이불 위에 앉아 있던 것을 원래대로 자 보려고 하는데 아무리 해도 일단 흥분해 버린 머리가 잠을 자려고 하면 할수록 아주 맑아지고 그러는 사이에 주위는 점점 밝아졌습니다. 아래층에서는 하녀들의 청소하는 소리가 들리기 시작하자 도저히 잠잘 수 없습니다.

저는 뒤숭숭하게 일어나서 먼저 바로 그 장치가 달려 있던 창 쪽으로 가서 거기를 열고 무엇인가 남의 눈에 띄는 렌즈 장치의 흔적이라도 남아 있지는 않은가 하고 아침 햇빛으로 다시 한번 조사해 보았습니다. 머리가 피곤한 탓인지 괜찮다고는 생각하면서도 문득 당치도 않은, 소루(疏漏)[20]함이 있는 것 같은 생각이 들어, 걱정되어 견딜 수 없었습니다.

그러나 그것은 제 기우(杞憂)에 지나지 않은 것을 알았습니다. 마분지로 만든 통을 연결한 철사를 한 개도 남지 않고 제거하여 거기에는 아무런 흔적도 남아 있지는 않았습니다.

그래서 완전히 안심한 저는 이번에는 어젯밤 이상한 인물이 서성거리고 있던 장소로 시선을 옮겼습니다. 이층 창으로부터는 멀어서 잘은 알 수 없지만 고노가 말한 대로 발자국 등은 남아 있지 않은 것 같습니다.

나 "하지만 어쩌면 땅의 부드러운 부분이 있을지도 몰라. 거기에 수상한 녀석의 발자국이 나 있지 않다고 할 수는 없어."

---

20) 소루(疏漏) : 소홀해서 빠진 것이나 실수가 있는 것.

묘하게도 상대인 고노가 범인의 탐정 수사에 열중하고 있는 것을 보면, 저도 그에게 지지 않겠다는 생각에서 문득 그 발자국을 조사해 보고 싶어진 것입니다. 게다가 하나는 어젯밤부터의 걱정과 수면 부족 때문에 욱신욱신 쑤시는 머리를 집 바깥의 상쾌한 공기에 쐬고 싶기도 해서 저는 그대로 세수도 하지 않고 아래층 툇마루에서 뒷마당으로 나와서 산책하는 모습으로 꾸미면서 목욕탕 뒷문 쪽으로 걸어갔습니다.

그러나 실망스럽게도 아니나 다를까 땅은 완전히 굳어져서 간혹 부드러운 곳이 있는가 싶으면 풀이 나 있거나 해서, 명료한 발자국 등은 하나도 발견할 수 없었습니다. 하지만 저는 포기하지 않고 더욱더 호숫가를 타면서 정원 주위를 향해 나아갔습니다.

그러자 담 대신에 정원을 둘러싸고 있는 삼나무숲 속에 사람 그림자가 보이고 퍼뜩 생각할 사이에 그것이 이쪽에 가까이 다가왔습니다. 이른 아침이기도 하고 이런 볼일도 없는 장소에 사람이 있으리라고는 생각지도 못했기에 저는 거기에 선 채 움직이지 못하고 뭔가 그 남자가 어젯밤의 수상한 녀석인 것처럼 주뼛주뼛 상대의 거동을 바라다본 것입니다.

그러나 잘 보니, 그것은 수상한 사람이 아니고 호반정의 목욕물을 데우는 남자인 산조(三造)인 것을 알았습니다.

산조 "안녕히 주무셨습니까? 에헤헤."

그는 제 얼굴을 보자 멍청한 웃는 얼굴로 인사했습니다.

나 "아, 잘 잤나?"

저는 대답하면서 문득 '이 남자가 무엇인가 알고 있을지도 모른다.'라는 생각이 들어서 그대로 물러가려고 하는 산조를 불러 세우고 아무렇지도 않게 말을 걸었습니다.

나 "목욕물을 끓이지 않아서 한가하지? 그런데 큰일 났네."
산조 "에헤, 난처하게 되었어요."
나 "자네는 살인을 전혀 몰랐던 거야?"
산조 "에헤, 전혀 몰랐어요."
나 "그저께 밤 목욕탕 안에서 무슨 소리라도 나지 않았나? 불 때는 곳과는 벽 하나 사이고 안을 들여다볼 수 있는 틈새도 만들어져 있을 정도이니까, 뭐라도 알아차릴 법 한데."

산조 "에헤, 그만 깜빡하고 있어서요."

산조는 사건에 말려들게 되는 것을 두려워하는 것처럼 어제부터 무엇을 물어도 하나도 확실한 대답을 안 하는 것입니다. 생각 탓인지 제게는 그가 무슨 일을 숨기고 있기라도 하는 것처럼 보입니다.

나 "자네는 항상 어디에서 자?"

저는 문득 어떤 것을 생각해내서 이런 식으로 물어보았습니다.

산조 "에헤. 거기 불 때는 곳의 옆의 다다미 석 장(三畳)짜리 방에서 자요."

그가 손가락으로 가리키는 것을 보자 목욕탕 건물 뒤쪽에 불 때는 데의 석탄 등을 쌓아 올린 어둑어둑한 봉당이 있고 그 옆에 미닫이문도 아무것도 없는, 마치 거지가 사는 작고 초라한 집같이 다다미가 깔린 곳이 보입니다.

나 "어젯밤도 저기에서 잤어?"

산조 "에헤."

나 "그럼 밤 2시쯤에 뭔가 이상한 것은 없었나? 나는 이상한 소리가 난 것 같이 생각하는데."

산조 "에헤. 별로 듣지 못했는데요."

나 "잠을 깨지 않았어?"

산조 "에헤."

그가 말하는 것이 사실이라고 하면 그 수상한 녀석을 추적하는 소동도 이 멍청한 녀석의 꿈을 깨지 않았다고 생각됩니다.

더이상 물어볼 것도 없어졌지만 저는 왠지 그 자리를 떠나기 힘든 기분으로 산조의 모습을 뚫어지게 바라다보고 있었습니다. 이상하게도 상대방 산조도 뭔가 머뭇머뭇하면서 거기에 우두커니 서 있습니다.

그는 옷깃에 '호반정(湖畔亭)'라고 (무늬만 바탕 빛깔로 남기고 다른 부분을) 염색하한 낡은 한텐(半纏)[21]을 입고 무릎 부위가 헐렁한 메리야스의 모모히키(股引)[22]을 입고

---

21) 한텐(半纏) : 하오리(羽織)와 비슷하지만, 옷의 겨드랑이 부분에 이어대는 천 조각이 없고, 기장이 짧은 윗옷.

22) 모모히키(股引) : 통이 좁은 바지 모양 남자용 의복.

있었는데, 그 초라한 옷차림에 어울리지 깨끗하게 면도하고 있는 것이 이상하게 제 주의를 끌었습니다. '이 남자도 면도하는 적이 있구나.' 저는 갑자기 그런 것을 생각했습니다. 그는 바보임에도 불구하고 그렇게 치장을 하면 밋밋하고 잘생긴 남자였습니다. 좁은 '후지비타이(富士額)23)'가 조금 마음에 걸렸지만.

---

23) 후지비타이(富士額) : (이마의 머리털이 난 언저리가) 후지(富士) 산과 비슷한 이마. 미인의 조건으로 되었다.

20.

무슨 연유인지 그러고 나서 저는 그의 손목을 보았습니다. 그러나 거기에는 특별히 상처 흔적 등은 없습니다. 저는 사건 이후 이상하게 남의 손목을 주의해서 보게 되었습니다. 그 버릇이 나온 거겠지요. 물론 이 얼간이 산조를 의심하는 기분이 있던 것은 아닙니다.

그러나 그렇게 상대방을 바라다보는 사이에 저는 문득 이런 것을 생각했습니다.

나 "어제부터 여러 차례 물어도 이 남자는 아무것도 모른다고 했는데, 그것은 묻는 방식이 좋지 않은 것은 아닐까? 묻는 사람은 아무도 시간을 말하지 않았으며, 살인이 행해진 시간도 말하지 않고, 그냥 뭔가 소리가 나지 않았는지만 물었지. 그럼 대답하기가 힘들지. 만일 시간만 확실히 제시할 수 있다면 이 남자는 또

다른 대답을 할 수 있지 않을까?"

그래서 저는 과감히 산조한테만 시간의 비밀을 털어놓기로 했습니다. 그래서 말소리를 낮추고 말했습니다.

나 "살인이 있던 것은 그저께 밤 10시 반쯤이 아닌가 생각해. 그건 말이지 마침 그때 나는 목욕탕 쪽에서 외침소리 같은 것을 들었기 때문이야. 자네는 알아차리지 못했나?"

산조 "에헤, 10시 반경."

그러자 산조는 뭔가 마음에 짚인 듯이 다소 표정을 똑바로 하고,

산조 "10시 반이라고 하면 아 그럴지도 모르네. 손님, 정확히 소셜미디어 저는 목욕탕에 없었어요. 부엌 쪽에서 야식을 먹고 있었어요."

물었더니, 그는 일 성격상 취침시간이 늦어지기 때문에 식사도 다른 고용인들보다는 훨씬 늦게, 숙박 손님의 입욕이 일단 끝났을 무렵을 가늠하고 하게 되어 있다고 합니다.

나 "그러나 식사라고 해도 그리 대단한 시간도 아니지만, 그

얼마 안 되는 사이에 그만한 범행을 저지를 수가 있을까? 만일 자네가 주의했더라면 식사 전이나 후에 뭔가 소리를 들었을 거야."

산조 "에헤, 그게 말이지요, 전혀 듣지 못했습니다요."

나 "그럼 저네가 부엌에 가기 바로 전이나 부엌에서 돌아온 다음에 목욕탕 안에 사람이 있는 기색은 없었나?"

산조 "에헤, 그러고 보니 부엌에서 돌아왔을 때 누군가 들어가 있는 것 같았습니다요."

나 "들여다보지 않았나?"

산조 "에헤"

나 "그런데 그것은 언제쯤이지? 10시 반쯤이 아닌가?"

산조 "잘은 모르겠습니다만 10시 반보다는 늦었다고 생각합니다."

나 "어떤 소리가 났어? 목욕물을 쓰는 소리였어?"

산조 "에헤, 되게 목욕물을 쓰는 것 같았습니다. 그렇게 흥청망청 목욕물을 쓰는 사람은 우리 집 주인어른 이외에는 없습니다요."

나 "그럼 그때 사람은 여기 주인이었나?"

산조 "에헤, 아무래도 그렇지도 않은 것 같고."

나 "그렇지도 않다니 그것을 어떻게 알았나?"

산조 "기침 소리가 아무래도 주인어른 같지 않아서."

나 "그럼 그 소리는 자네가 모르는 사람 것이었나?"

산조 "에헤, 아니오, 왠지 모르게 고노 손님의 소리처럼 생각했습니다만."

나 "뭐! 고노라고, 바로 26번 방의 고노 씨야?"

산조 "에헤"

나 "그거 자네 정말이야? 중요한 일이야. 틀림없이 고노 씨 목소리였어?"

산조 "에헤, 그건 정말 틀림없습니다."

산조는 의기양양하게 답했습니다. 그러나 저는 이 얼간이의 말을 별안간 신뢰해야 좋을지 어떨지 판단하는 데 애먹지 않을 수 없었습니다. 처음 애매한 모습에 비해 지금의 단정은 조금 당돌한 것 같이 보이지 않을까요? 그래서 저는 다시 질문을 반복해서 산조의 불안한 기억을 확인하려고 시도했지만, 무슨 까닭인지 그는 그때 목욕한 사람이 고노인 것을 무턱대고 주장할 뿐, 그것에 관해 확증도 없고 결국 저를 만족시킬 수 없었습니다.

21.

 저는 이 사건에 관해 처음부터 하나의 의문을 품고 있었습니다. 그것이 지금 산조의 고백을 듣게 되자 한층 깊어졌습니다. 가령 상대가 얼간이라고 하더라도, 거기에는 목욕탕 지기의 전용 작은 출입구도 있거니와 손님에게 목욕물 온도를 묻는 (들여다보거나 내다 볼 수 있는 문에 있는) 작은 구멍도 있어서 만일 그가 불 때는 곳에 있었다고 하면 반드시 범행을 눈치챘을 것임에 틀림없고, 그것을 알면서도 그 어마어마한 살인을(혹은 사체 절단을) 한다는 것은 너무나도 무모한 짓이 아닐까요?

 어쩌면 범인은 미리 산조의 부재를 확인하고 범행을 저질렀는지도 모릅니다. 그러나 그렇다고 치더라도 야식을 먹었다는 얼마 안 되는 시간에 어떻게 그렇게 품이 드는 일을 할 수 있었을까요? 그 점이 왠지 모르게 이상하지 않습니까? 아니면 산조가 들은 목욕물을 쓰는 소리라는 것은 범인이 목욕탕 지기가 돌아온 것도 모르고 목욕탕의 시멘트 바닥의 피를 닦아낸 소리일까요? 그런 터무니없는 악몽 같은 사건이 정말 있었을까요? 게다가 한층 더 이상한 것은 산조에 의하면 그 목욕물을 쓰던 남자가 고노인 것 같다는 것입니다. 그럼 대단히 말도 안 되는 상상인데, 범인은 다름 아닌 고노이고 그는 그 자신이 탐정처럼 조사하려는 걸까요? 생각하면 생각할수록 이 사건은 점점 이상하게 보입니다.

저는 거기에 잠시 멈춰 선 채 오랫동안 괴기한 생각에 골몰했다.

고노 "여기에 있었습니까? 아까부터 찾았어요?"

그 목소리에 놀라 얼굴을 쳐들자 거기에는 어느 틈에 떠났는지 산조의 모습은 없고, 대신 고노가 서 있었습니다.

고노 "이런 데에서 무엇을 하고 계십니까?"

그는 물끄러미 제 얼굴을 바라다보면서 물었습니다.

나 "네, 어젯밤 녀석의 발자국을 찾으러 왔어요. 그러나 아무것도 남기고 있지 않았어요. 그런데 마침 여기에 목욕물을 데우는 산조가 있어서 그 사람에게 이것저것 묻고 있던 참입니다."

고노 "그렇습니까? 그 남자, 뭔가 말했습니까?"

고노는 산조라고 듣자 몹시 흥미를 느낀 듯 열심히 되물었습니다. 그래서 저는 일부러 고노에 관한 부분만 빼고 산조와의 문답의 대략적인 내용을 되풀이했습니다.

나 "도무지 애매해서 잘 모르겠네요. 그 녀석 이상해요. 아주 엉뚱한 자인지도 몰라. 섣불리 믿을 수 없어요."

고노 "그런데 바로 그 지갑 말인데요. 소유주를 알았습니다. 여기 여관 주인 것이었습니다. 4, 5일 전에 분실해서 찾던 중이라고 하더군요. 어디에서 없어졌는지 유감스럽게도 그것을 전혀 기억하지 못한다고 하는데 여하튼 하녀나 지배인 등에 물어보아도 주인 물건에 틀림없는 것 같습니다."

나 "그럼 그것을 어젯밤 녀석이 훔친 셈이군요."

고노 "뭐, 그렇겠죠."

나 "그럼 그 사람이 바로 트렁크 남자와 동일 인물일까요?"

고노 "글쎄요? 만일 그렇다면 일단 도망친 그 남자가 왜 어젯밤 여기에 다시 되돌아왔는지 … 어째서 그럴 필요가 있었는지 전혀 알 수 없게 됩니다."

그렇게 우리는 다시 잠시 논쟁을 벌였지만, 사건은 새로운 발견이 나타날 때마다 오히려 점점 복잡하고 이해 불가일뿐 전혀 해결의 서광은 보이지 않았습니다.

22.

저는 결국 살인사건의 소용돌이 속에 말려든 형태가 되었습니다. 들키지 않고 남을 들여다볼 수 있는 안경 장치를 뗄 때까지는 예정된 기간 같은 거와는 상관없이 빨리 이 꺼림칙한 곳에서 탈출하고 싶다고 생각했는데, 장치도 없어지고 걱정도 없어져 버리자, 이번에는 타고난 호기심이 세차게 솟구쳤다. 고노와 함께 우리만 갖고 있는 자료에 의해 범인 수색을 해 볼까 하는 당치 않은 기대마저 일으켰습니다.

그 무렵, 근처의 재판소에서 담당 공무원들도 출장 와서 목욕탕 얼룩이 인간의 피임에 틀림없는 것을 알자 Y도시의 경찰서에서는 이미 큰 소동이 벌어졌다. 수색을 대규모로 벌인 것에 비해 전혀 진척되지 않았다. 고노의 지인인 마을 순사 이야기를 들어보니 아마추어인 우리도 답답해질 정도였습니다. 경찰의 무력감이라는 것이 저를 부추긴 것입니다. 그리고 고노의 열성적인 탐정 노릇 또한, 적잖이 제 호기심을 자극한 것은 말할 필요도 없습니다.

저는 방에 돌아와서 목욕탕지기 산조로부터 주워들은 사실에 관해 여러 가지로 생각해 보았습니다. 산조가 식사에서 돌아왔을 때, 목욕탕 안에 어떤 자가 있던 것은 틀림없다고 생각됩니다. 그리고 그 남자가 범죄에 관련이 있는 것은 시간 관점으로 봐서 거의 확실한 것 같습니다. 그러나 산조에 의하면 그 사람이 저와 함께 아마추어 탐정인 체하고 있는, 바로 그 고노인 것 같다는 것입니다.

나 "그럼 고노가 살인범 본인일까?"

갑자기 저는 말하려야 말할 수 없는 공포를 느꼈습니다. 만일 목욕탕에 그처럼 다량의 피를 흘리지 않고 혹은 흘리고 있어도 그것이 그림물감이나 다른 동물의 혈액이었다면, 고노의 별난 성격을 참작해서 그의 장난이라고도 상상할 수 있겠지만 불행하게도 혈흔은 분명히 인간의 혈액임이라고 판명되고 그 분량도 닦아낸 흔적에서 미루어 피해자의 생명을 빼앗기 충분하다는 것을 알았으니 그때 목욕탕에 있던 자가 틀림없이 고노라고 하면 그야 말로 가공할 범죄자인 것입니다.

하지만 고노는 무슨 연유로 초키치를 살해한 것일까요? 또 그 시체를 어떻게 처분할 수 있었을까요? 이런 점을 생각하면 설마 그가 범인이라고는 상상할 수 없습니다. 첫째로 지난밤의 수상한 사람 모습만 해도 그의 무죄를 입증하기에 충분하지 않을까요? 게다가 보통 사람이라면 살인죄를 저지르고 나서 뻔뻔하게 현장에 머무르면서 탐정 흉내 같은 걸 할 리가 만무합니다.

산조는 단지 기침 소리를 듣고 그것이 고노였다고 주장하지만, 사람의 귀에는 잘못 듣는 일이 무척 많고 하물며 들은 사람이 얼간이 산조이니, 이것은 물론 뭔가의 실수이겠지요. 그러나 그때 목욕탕에 어떤 자가 있던 것만은 사실인 것 같습니다. 산조는 '그렇게 목욕물을 쓰는 사람은 이곳 주인 이외에 없습니다.'라고 말합니다. 그럼 그것은 고노가 아니라 호반정의 주인이 아니었을까요?

생각해 보니, 그 그림자의 남자가 떨어뜨리고 간 지갑도 여관 주인의 물건이었습니다. 그렇다고 하더라도 머슴들이 주인의 지갑이 분실된 것을 알고 있을 정도이니 그림자의 남자와 여관 주인이 동일 인물이라고 상상하는 것은 무리겠지만, 산조의 말에서 성깔 있어 보이는 그의 성격에서도 뭔가 의심되는 형체가 있습니다.

그러나 뭐니 뭐니 해도 가장 수상한 것은, 바로 그 트렁크를 든 신사입니다. 사체의 처분 … 두 개의 큰 트렁크, … 거기에 무서운 의심이 잠재되어 있습니다. 그럼 산조가 들은 사람의 기척은 고노도 여관 주인도 아니고 역시 트렁크의 남자였던 것이 아닐까요?

그 트렁크의 신사에 관해서는 경찰에서도 유일한 용의자로 온갖 수단을 다해 조사했지만, 심야 호반정의 현관을 나와서 그들이 어떤 변장을 하고 어디로 어떻게 도망친 것인지 전혀 알 수 없습니다. 트렁크를 들은 양복 차림의 남자를 본 사람은 아무도 없습니다. 그들은 이미 멀리 무사히 도망친 것일까요? 그렇지 않으면 아직 산속의 어딘가에 잠복하고 있는 것일까요? 지난밤의 수상한 사람 모습에서 상상하면, 혹은 잠복하고 있는 것이 진짜인지도 모릅니다. 어딘가의 구석에(매우 가까운 곳인지도 모릅니다) 살인한 극악무도한 사람이 꿈틀대고 있는 것입니다.

23.

 그 날 저녁때였습니다. 저는 문득 생각이 나서 산기슭의 도시의 쓰타집(蔦屋)에서 시메지(〆治)라는 기생을 불렀습니다. 특별히 샤미센(三味線) 소리를 듣고 싶었던 것도 시메지라는 여자에게 흥미를 지닌 것도 아니지만, 하녀들의 이야기에 의하면 그녀가 죽은 초키치와 가장 친했다고 해서 초키치의 신상에 관해 조금 물어보려고 생각했습니다.

시메지 "오랜만이네요."

 한 번 전에 부른 적이 있는 것을 기억하고 있어, 노기(老妓, 늙은 기생) 시메지는 친한 듯이 웃는 얼굴로 편하게 말을 했습니다. 무척이나 다행스러웠습니다.

나 "샤미센(三味線) 같은 건 그쪽으로 치우고 편하게 오늘은 밥이라도 먹으면서 이야기하지 않겠나?"

저는 곧바로 말을 꺼냈습니다. 그것을 듣자 시메지는 잠깐 웃는 얼굴을 움츠리고 미심쩍은 표정을 지었지만, 곧 대략 나의 뜻을 헤아렸다는 듯이, 이번에는 다른 종류의 웃는 얼굴을 하고 사양하지 않고 차부다이(ちゃぶ台)[24]의 맞은편에 앉았습니다.

시메지 "초키치 씨, 정말 가엾어요. 저와는 정말 사이가 좋았어요. 그 목욕탕의 피 흔적은 손님과 고노 씨가 발견하신 거라면서요. 전 어쩐지 기분이 나빠서 도저히 볼 수가 없었어요."

그녀도 저와 마찬가지로 살인사건에 관해 이야기하고 싶다는 모습이었습니다. 그녀는 피해자의 동료이고 저는 사건을 발견한 사람입니다. 저는 그렇게 그녀와 술잔을 주거니 받거니 하는 사이에 자연스럽게 당초의 목적을 달성할 수 있었습니다.

나 "자네는 용의자인 트렁크를 들었던 두 명 남자를 알고 있지요? 그 손님과 초키치는 어떤 관계였어?"

---

24) 차부다이(ちゃぶ台, 卓袱台) : 일본에서 사용되는 다리가 4개 달린 식사용 앉는 책상이다. 접었다 폈다 할 수 있다.

기회를 보아 저는 그런 식으로 단도직입적으로 묻기 시작했습니다.

시메지 "그 11번방 손님은 항상 초키치 씨였어요. 노상 부른 것 같아요."

나 "묵고 간 적은 없나?"

시메지 "그런 일은 한 번도 없다고 해요. 저는 초키치 씨의 입을 통해 자주 그 사람들 소문을 들었는데, 살해당할 정도로 깊은 관계는 전혀 있지 않았어요. 첫째 그 사람들은 여기에는 처음 온 손님으로 게다가 오고 나서 일주일이 될까 말까예요. 그런 관계가 생길 리가 만무해요."

나 "나는 잠깐 얼굴을 보기만 했는데 어떤 남자일까? 그 두 사람은. 뭔가 초키치 씨로부터 들은 적은 없어?"

시메지 "특별히 이렇다 할 것도 없는 뭐 보통 손님이에요. 하지만 대단한 부자인 것 같다고 했어요. 필시 지갑도 보았겠지요. 돈이 엄청나게 많다고 해서 초키치 씨도 깜짝 놀랐대요."

나 "허, 그렇게 부자였던 거야? 그런 것에 비해서는 그다지

호사스러운 놀이도 안 했던 것 같은데."

시메지 "그래요. 항상 초키치 한 사람뿐이고, 게다가 샤미센(三味線)도 치게 하지 않고 음침하게 이야기만 했다고 해요. 매일 방에 틀어박혀서 산책 하나도 안 하는 이상한 손님이라고 지배인이 말했어요."

트렁크 신사에 관해서는 더이상 특별한 이야기도 없었습니다. 그래서 저는 이번에는 초키치 신상으로 말머리를 바꾸기 시작했습니다.

나 "어차피 초키치한테는 좋은 사람이 있었겠지?"
시메지 "네, 그게 말이지요."

시메지는 눈웃음을 지으며

시메지 "초키치 씨란 사람은 무척 과묵한 사람이고 게다가 여기 오고 나서 얼마 되지 않아서 저도 그 사람의 마음속은 전혀 알지는 못해요. 어딘가 이렇게 털어놓지 못하는 데가 있어요. 손해 보는 성격이에요. 그래서 깊은 것은 모르지만, 제가 본 바에 의하면 그렇게 좋은 사람은 없었던 것 같아요. 이런 장사에도 어울리지 않는 마치 조신한 아가씨 같은 애였어요."

나 "정해진 주인 같은 사람은?"

시메지 "마치 요전의 형사 분 같네."

시메지는 호들갑스럽게 웃으면서,

시메지 "그런 사람은 있었어요. 마쓰무라(松村) 씨라고 해요. 이 근처 산을 소유하고 있는 사람의 자제분으로, 정말 대단히 열을 올리는 분이었습니다. 아니오, 그 자제분 쪽에서요. 그래서 최근 초키치 씨의 빚을 갚아주고 기적(妓籍)에서 빼내 주겠다는 이야기까지 들고 나왔는데 그걸 초키치 씨 쪽에서는 또 몹시 싫어해서 도무지 승낙하지 않았어요."

나 "그런 일이 있었나?"

시메지 "네, 그 날 밤에도 초키치 씨가 살해당한 밤. 2층 많은 인원수의 연회 손님 중에 마쓰무라 씨가 있어 평소에는 얌전한 사람입니다만 술버릇이 나빠서 모두들 앞에서 초키치 씨를 혼쭐내 주었어요."

나 "혼쭐이라니?"

시메지 "그건 정말 시골 사람들은 앞뒤 생각 없이 충동적으로 행동하니까요. 패거나 때렸어요."

저는 농담처럼 말했습니다.

나 "설마 그 사람이. 초키치를 살해한 것은 아니겠지?"

제가 말하는 방식이 나쁜 것인지, 시메키치는 몹시 겁이 난 듯이,

시메지 "어머, 깜짝 놀라지 않습니까? 그건 괜찮아요. 저 형사 분에게도 말했어요. 마쓰무라 씨는 연회 마지막까지 한 번도 자리를 떠난 적이 없었습니다. 그래서 돌아올 때는 저와 같은 차를 탔었으니까요. 의심할 데는 없어요."

제가 시메지로부터 들을 수 있던 내용은, 대개 이상이 다입니다. 이렇게 해서 저는 또 하나의 의심스러운 인물을 발견한 것입니다. 마쓰무라는 남자는 시메지의 증언에 의하면, 연회 동안에 한 번도 자리를 떠나지 않았다고 하는데, 많은 인원수의 손님들이 술 때문에 흐트러진 자리라 그녀라고 해도 아마 취했을 거니, 시메지 말은 그대로 믿어도 되는

지 어떤지 의심하기 시작하면 끝이 없습니다.

    식사를 끝내고 시메지를 돌려보내자 저는 어지러워진 차부다이(ちゃぶ台)를 앞에 두고 멍하니 앉아 있었습니다. 뇌리에는 트렁크 남자를 비롯하여 고노가 쫓아 간 그림자의 남자, 호반정의 주인, 지금 들은 마쓰무라 청년, 끝내는 바로 그 고노의 모습까지가 주마등처럼 떠올랐다가 사라지는 것입니다. 사람들에게는 물론 이렇다 할 증거가 있는 것이 아니지만, 저마다 왠지 모르게 의심스럽고 묘하게 섬뜩하게 느꼈습니다.

24.

그런데 그날 밤 일이었습니다. 일시 출입 금지가 되었던 문제의 목욕탕은 손님 장사에 지장이 있다는 호반정 주인의 탄원이 받아들여져서 마침 그 날부터 목욕물이 끓어오르게 되었는데 시메지를 돌려보내고 나서 잠시 생각에 잠긴 저는 이미 9시 무렵이 되었나요? 오랜만에 목욕탕에 들어가 볼 생각이 들었습니다.

탈의실 마루방의 혈흔은 깨끗하게 없어졌는데 그 없어진 허연 느낌의 흔적과 나무껍질이 드러난 모습은 오히려 묘하게 기분이 나쁘고 지난밤의 피비린내 나는 사건을 또렷이 상기시키는 것이었습니다.

손님이라고 해도 대부분 살인사건 소동에 깜짝 놀라 여관을 떠나버리고 뒤에 남은 사람은 고노와 저 외에 세 사람이 일행인 남자 손님뿐입니다. 바로 그 들키지 않고 남을 들여다볼 수 있는 장치의 꽃이었던 도쿄에서 온 아가씨 집안

사람 등은 사건 이튿날 총총히 출발하고 말았습니다. 그리 손님이 적은데다가 인원수가 많은 고용인들은 아직 입욕하지 않아서 욕조는 깨끗하게 치워져 있어 그 속에 몸을 내던지고 있자 발톱까지도 하나하나 구분할 수 있습니다.

남녀 구분만 없지만 도시 공중목욕탕 치고도 좋을 정도로 넓적한 욕조, 휑뎅그렁한 몸을 씻는 곳, 높은 천장, 그 중앙에 희읍스름하게 달려 있는 처진 전등, 전체 모습이 여름이지만 이상하게 으스스하게 보이고 문득 목욕탕의 시멘트 바닥에 인체 절단의 광경 등이 보이는 생각도 들었습니다.

저는 적적한 채, 요전에 낯이 익은 산조가 벽 한 겹 맞은편의 불 때는 곳에 있는 것을 생각해내고, 그 작은 (들여다볼 수 있도록 문에 나 있는) 작은 구멍 뚜껑을 열고 그의 모습을 찾았습니다.

나 "산조 씨!"
산조 "에헤."

라고 대답하고 커다란 불 때는 아궁이 한 모서리에서 그의 멍청한 얼굴이 나타났습니다. 그것이 석탄이 강한 불기에 쬐여 검붉게 빛나고 있는 것이 이것도 또한 이상한 느낌이었습니다.

나 "목욕물이 딱 좋네."
산조 "에헤헤헤헤헤."

산조는 어두운 곳에서 얼간이처럼 웃었습니다. 저는 이상한 생각이 들어 구멍 뚜껑을 닫는 둥 마는 둥 하고 욕조를 나오자, 몸을 씻는 곳에 서서 몸을 닦기 시작했습니다. 문득 정신이 들자 눈앞의 창의 젖빛 유리가 조금 열려 있어, 지난밤 수상한 녀석이 도망쳐 들어간 깊은 수풀의 한 부분이 보이고 그 시커먼 곳에 그냥 한 점 하얗게 빛나는 것이 깜빡깜빡 움직이고 있었습니다.

뭔가를 잘못 본 것이 아닌가 하고 잠시 씻던 손을 멈추고 가만히 보는 사이에 이번에는 조금 위치를 바꾸고 다시 깜빡깜빡 빛납니다. 그 모습이 아무래도 누군가가 수풀 속에서 헤매고 있는 것처럼 생각되었습니다.

그럴 때의 일이니까 저는 당장 지난밤의 수상한 녀석을 연상했습니다. 만일 그 남자의 정체를 밝힐 수 있다면 모든 의문은 얼음 녹듯이 풀릴 것이다. 저는 솟구치는 호기심을 억누르고 아주 급히 옷을 입고 우회해서 정원에서 수풀 쪽으로 나아갔습니다. 도중에 고노가 있는 곳에 들려 보았지만 어디로 갔는지 그의 방은 텅 비어 있었습니다.

별도 없는 어두운 밤입니다. 그 속을 희미하게 명멸하며 빛나는 것에 의지하여 발로 더듬어 가면서 앞으로 나아갔습니다. 겁쟁이인 제게 용케도 그런 대담한 흉내를 했다고 나중에 이상하게 생각할 정도였는데 그때는 저는 일종의 공명심으로 거의 정신이 없었습니다. 그렇다고 해서 수상한 녀석을 잡겠다는 것 등은 생각한 것은 아닙니다. 그냥 위험이 없는 정도로 그에게 가까이 가서 그 정체를 확인할 생각이었습니다.

앞에서도 말한 바와 같이 호반정 정원을 나오자 곧바로 수풀 입구였습니다. 저는 큰 나무줄기에서 줄기로 몸을 숨기면서 주뼛주뼛 빛 쪽으로 접근해 갔습니다.

다가가 보니 아니나 다를까 희미하게 사람 그림자가 보이기 시작했습니다. 그는 회중전등을 비추면서 열심히 땅 위를 둘러보고 있는 것 같이 보입니다. 뭔가 이렇게 물건이라도 찾고 있는 모양입니다. 그러나 그것이 어떤 사람인지 아직 멀어서 잘은 모르겠습니다.

저는 다시 용기를 내서 남자 쪽으로 가까이 가 보았습니다. 다행히 나무줄기가 서로 겹쳐 있어 소리만 내지 않으면 들킬 염려는 없습니다.

이윽고 저는 상대의 기모노의 줄무늬에서 얼굴 형태까지 희미하게 보일 정도로 아주 가까이 슬며시 다가갔습니다.

25.

 수상하게 보이는 남자는 노인처럼 등을 구부리고 작은 회중전등에 의지하여 무엇을 찾는 것인지 풀숲을 걸어 다니고 있었습니다. 전등 위치에 따라 그는 시커먼 그림자가 되거나 흰빛을 띤 유령으로 보이거나 합니다. 그리고 문득 전등을 딴 손으로 바꿔 쥘 때는 부근의 나뭇가지가 섬뜩한 생물처럼 흔들거리며 때로서는 자신이 등불 빛의 직사를 받아 뜻하지 않게 나무줄기에 몸을 숨길 수도 있었습니다.

 그러나 무슨 말을 하더라도 소형의 회중전등의 빛으로 게다가 그 자신이 그것을 머리 위로 번쩍 쳐들고 있어서 그 모습을 확인하는 것은 대단히 곤란했습니다. 저는 절대 안전한 위치를 골라 마치 적에 가까이 간 병사들이 지물(地物)[25]에서 지물로 몸을 감추는 것처럼 나무줄기를 누비며

---

25) 지물(地物) : 1. 건물·수목·암석 등 지상에 있는 모든 것. 2. 군대에서 지상에서 적의 눈과 포화로부터 몸을 감추는 것.

조금씩 조금씩 나아갔습니다.

이 야심한 시각에 수풀 속에서 물건을 찾는다는 것도 이상하고 그것이 이 부근에서 전혀 본 적이 없는 도시풍의 남자인 것도 납득되지 않습니다. 저는 당연히 전날 밤의 수상한 남자, 고노가 추적해서 놓친 남자를 떠올렸습니다. 그것과 이 사람이 동일 인물이 아닌가 생각한 것입니다.

그러나 도무지 그 얼굴 형태를 확인할 수 없습니다. 거의 1간(間)26) 정도 거리까지 가까이 왔지만, 어둠 속이라서 애가 타게도 그것을 할 수 없습니다. 그 날 밤은 바람이 심해서 숲 전체가 수런거리고 있어서 조금 소리를 내도 들릴 염려는 없고 소셜미디어문인지 상대는 전혀 깨닫지 못하고 물건을 찾는 데에 여념이 없었습니다.

긴 시간이었습니다. 이리저리 왔다 갔다 하는 회중전등 빛에 의지하여, 저는 끈기 있게 남자의 행동을 지켜보고 있었습니다. 그러자 아무리 찾아도 목표로 한 물건을 찾지 못한 듯 남자는 결국 포기하고 등을 펴고 갑자기 회중전등을 끄고 버석버석 어딘가로 떠날 기세입니다. 놓쳐서는 안 된다고 저는 곧바로 그 뒤를 미행하기 시작했습니다. 미행한

---

26) 간(間) : 길이의 단위. 한 간은 여섯 자로, 약 1.81818m에 해당한다.

다고 해도 어둠 속이라서 간신히 풀을 밟는 발소리로 상대의 소재를 살필 수밖에는 없고 그것이 지금 말하는 심한 바람 소리이기 때문에 좀처럼 잘 알아들을 수 없고 무서운 것은 역시 무섭고 익숙하지 않은 저로서는 어떻게 해야 할까 몰랐습니다. 그리고 우물쭈물하고 있는 사이에 희미한 발소리도 들리지 않게 되고 저는 결국 그 어둠 속에 달랑 혼자만 남게 되었습니다.

여기까지 가까스로 도달하여 상대를 놓치면 모처럼의 고심이 수포가 됩니다. 설마 수풀 안쪽으로 도망쳐 들어간 것은 아니겠지요. 그 녀석은 저한테 들킨 것을 전혀 모르고 있을 테니까, 반드시 가도 연변으로 나올 것이 틀림없습니다. 그런 생각이 들자 저는 단숨에 호반정 앞을 지나고 있는 촌도(村道)[27]로 달려갔습니다.

산골 마을이라서 여관 이외에는 등불이 새는 집이라고도 해도 없고 시커먼 가도에는 사람 그림자도 없습니다. 먼 곳에서 마을 청년들이 불어서 울리는 것이겠지요, 서투른 오이와케부시(追分節)[28]의 퉁소가 그래도 왠지 서글프고 바람

---

27) 촌도(村道) : 촌(村)의 경비로 만들고 촌에서 관리하는 도로.
28) 오이와케부시(追分節) : 일본 민요의 하나로 신슈(信州) 오이와케(追

소리에 섞여 들려옵니다.

저는 그 가도에 멈춰 서서 잠시 수풀 쪽을 바라다보았는데 그렇게 떨어져서 보면 괴물 같은 거목들이 바람 때문에 물결치는 모습은 한층 유별나게 더욱더 제게 향수를 일으키게 할 뿐 아까 본 이상한 인물은 언제까지 기다려도 나올 기미가 없습니다.

10분이나 그렇게 했을까요? 이제 확실히 소용없다고 포기하면서 하지만 왠지 모르게 아쉬워서 다시 한번 고노의 방을 방문하고 만일 그가 있으면 함께 수풀 속을 찾아보자고 몹시 서둘러 숨을 헐레벌떡거리며 현관으로 뛰어들어 나막신을 벗는 것도 급해서 복도를 미끄러져 그의 방에 도달하자마자 드르르 맹장지를 열었습니다.

分)의 역참에서 불린 마부 노래[마고우타(馬子歌)]가 기원인데 여러 지역에 전파되며 변화되었다. 퉁소 등을 반주에 사용한다.

26.

고노 "야, 들어와요."

다행히 고노는 돌아와 있었고 제 얼굴을 보자 여느 때와 마찬가지로 웃는 얼굴로 맞아 주었습니다.

나 "고노 씨, 지금 수풀 속에 또 이상한 놈이 있어요. 잠깐 보러 가지 않겠습니까?"

저는 황급히 그러나 속삭이는 소리로 말했습니다.

고노 "요전 남자이지요?"
나 "그럴지도 모릅니다. 수풀 속에서 회중전등을 켜고 무엇인지 찾고 있었습니다."
고노 "얼굴을 보았습니까?"
나 "도무지 알 수 없었습니다. 아직 그 부근에 배회하고 있을지도 모릅니다. 잠깐 보고 오지 않겠어요?"

나 "고노 씨는 앞 가도 쪽에 나갔습니까?"
고노 "그렇습니다. 달리 도망갈 길은 없으니까요."
나 "그럼 지금부터 가 봐도 소용없겠네요. 수상한 놈은 가도 쪽으로 도망칠 리는 없으니까요."

고노는 의미심장하게 말하는 것입니다. 저는 엉겁결에 의심을 나타냈습니다.

나 "어째서 압니까? 고노 씨는 뭔가 알고 있군요."
고노 "네, 실은 어떤 점까지 범위를 좁힐 수 있었습니다. 이제 얼마 안 남았습니다. 이제 조금만 있으면 완전히 알 수 있습니다."

고노는 자못 자신 있는 듯한 어조로 말합니다.

나 "범위를 좁혔다는 것은 무슨 뜻입니까?"
고노 "이번 사건의 범인은 결코 밖에서 온 사람이 아니라는 것입니다."
나 "그러면 여관 사람들 중에 범인이 있다고 라도 (하는 겁니까?) …."
고노 "뭐 그렇죠. 여관 사람이라고 하면, 수풀에서 뒷문으로 돌아올 수 있으니 가도 쪽 같은 곳으로는 도망치지 않을 것 같습니다."

나 "어떻게 그런 걸 알았습니까? 그것은 도대체 누구입니까? 주인입니까? 고용인입니까?"

고노 "이제 얼마 안 남았으니 기다려 주세요. 나는 오늘 아침부터 그 일로 경황이 없었어요. 그리고 대략 범인을 점찍을 수가 있었습니다. 하지만 경솔히 이름을 대는 것은 삼가겠습니다. 좀 더 기다려 주세요."

고노는 여느 때와 달리 의미 있는 듯한 이상한 태도로 나왔습니다. 저는 적잖이 불쾌감을 느꼈지만, 그것보다도 호기심이 앞서서 더욱더 질문을 계속했습니다.

나 "여관 사람이라는 것은 이상하네요. 나도 실은 어떤 사람을 그가 아마 고노 씨가 생각하는 사람일 거라고 생각하는데 일단 의심해 보았어요. 그러나 도무지 알 수 없는 점이 있습니다. 첫째, 사체를 어떻게 처분했는지가 확실치 않습니다."

고노도 끄덕이면서

고노 "그것입니다. 나도 그 점만을 아직 모르겠습니다."

말투로는 그도 문제의 지갑 소유주인 호반정 주인을 의심하고 있는 것 같습니다. 필시 그는 제가 알고 있는 이상의 확실한 증거도 쥔 것이겠지요.

나 "게다가 바로 그 손등의 상처 흔적입니다. 나는 주의해서 보고 있었는데 여관 사람들에게 숙박 손님에게도 그 누구의 손에도 그것이 없습니다."

고노 "상처 흔적에 관해서는 나는 어떤 해석을 내리고 있습니다. 아마 맞을 거라고 생각하는데 하지만 확실한 것은 모르겠습니다."

나 "그리고 트렁크 남자에 관해서는 어떻게 생각합니까? 지금으로서는 누구보다도 두 사람이 의심스럽지 않을까요? 초키치가 그들 방에서 도망쳐 나온 것도 그렇고, 트렁크 남자가 초키치의 소재를 찾아다닌 것도 그렇고, 그들의 갑작스러운 출발도 그렇고, 그리고 두 개의 대형 트렁크가 있습니다."

고노 "아니, 그것은 아무래도 우연의 일치가 아닌가 생각해요. 나는 오늘 아침 그것을 깨달았는데 그대가 살인

광경을 본 것이 10시 35분쯤이지요. 그리고 계단 아래에서 그들을 만난 때까지 어느 정도 시간이 경과했을까요? 그대 이야기로는 5분이나 10분인 것 같습니다만."

나 "그래요. 길어야 10분 정도이겠지요."

고노 "그게 바로 그 점이 잘못의 원인이에요. 나는 혹시 몰라 확인 차원에서 그들이 출발한 시간을 지배인에게 물어보았는데 지배인의 대답도 역시 똑같아 그사이에는 5, 6분밖에 지나지 않았습니다. 얼마 안 되는 시간에 사체를 처리하고 트렁크에 집어넣는 것 같은 대담한 행위를 할 수 있을까요? 설사 트렁크에 집어넣지 않아도 살인을 하고 끈적끈적한 피를 닦아내고 사체를 감추고 출발 준비를 한다, 그 엄청난 일을 5분이나 10분에 할 수 있을 리가 없습니다. 트렁크 남자를 의심하는 것은 실로 허황된 이야기이에요."

듣고 보니 역시 고노가 말한 대로입니다. 저는 아니 이 얼마나 허황된 망상을 그린 걸까요? 경찰에서는 제 착각 같은 건 눈치채지 못했으니까 하녀들의 증언과 대조해서 그냥 간단히 트렁크 남자를 의심해 버린 셈입니다.

고노 "초키치를 뒤쫓았다는 것은 기생과 취객 사이에는 있을 법한 일입니다. 이상한 눈으로 보니까 일이 잘못되는 것입니다. 불시의 출발이라고 해도 그들에게 어떤 급한 일이 생겼는지 알 수 없고 그대와 우연히 맞닥뜨려서 놀란 것도 누구라도 그런 갑작스러운 경우에는 깜짝 놀라지 않겠습니까?"

고노는 아무렇지도 않은 듯이 말하는 것이었습니다. 그러고 나서 잠시, 우리는 바로 그 당치도 않은 실수에 관해 이야기를 나누었습니다. 저는 실책한 나머지 고노에 대해서도 '면목이 없었고 어이가 없네, 어이가 없네.'라고 되풀이할 뿐 그리고 나서 그 다음은 진범을 탐색할 여유도 없고 유야무야하는 사이에 내 방으로 물러났습니다.

그때 저는 고노의 말투에서 그가 의심하고 있는 것은 여관 주인이 틀림없다고 정해 버리고, 저도 그럴 심산으로 응대한 것인데 나중에 실은 그렇지 않은 것을 알았습니다. 저라는 남자는 이 이야기에서 처음부터 끝까지 익살꾼 역할을 맡은 셈입니다. 탐정인 체하는 일도 없었던 것입니다.

27.

 그리고 이야기는 조금 건너뛰어 3, 4일 후의 밤으로 옮겨집니다. 그 사이 특별히 말씀드릴 만한 일도 없습니다. 고노는 매일 어딘가로 외출하는 듯, 언제 찾아가도 방에 없어 저를 제외한 태도에 반감을 가진 것과 하나는 바로 그 실책이 부끄러워서 저는 지금까지와 마찬가지로 아마추어 탐정인 체할 생각도 들지 않았었습니다. 그런데 그렇다고 해서 이 호기적(好奇的)29)인 사건을 방치하고 여관을 떠나는 것도 유감이기에 좀 더 기다리라는 고노의 말을 믿고 역시 계속 머무르고 있었습니다.

 한편 경찰 쪽에서는 앞에서도 말한, 대규모의 트렁크 수색을 비롯해서 수풀 속, 호숫가를 남김없이 찾아다녔지만 결국 아무것도 얻지 못한 것 같았습니다. 그런 쓸모없는 수고를 끼치게 할 필요도 없이 단지 한 가지 바로 그 시간의

---

29) 호기적(好奇的) : 새로운 신기한 것을 좋아하는 것.

착오에 관해 직접 말했으면 좋았을 런지도 모르지만 고노가 '사체 수색도 관계되는 일이니 그만두게 할 필요도 없을 것이다.'라고 했고, 저도 그런 생각이 들어 경찰에 대해서는 끝까지 비밀을 유지하고 있던 셈입니다.

저는 기회가 있을 때마다 여관 주인의 태도에 주의하는 것과 고노의 방을 찾아가는 것을 일과처럼 삼았습니다. 그러나 주인 거동에는 이렇다 할 의심할 만한 곳도 없고 고노는 대부분 부재였습니다. 왠지 모르게 몹시 기다려지며 무료한 며칠을 보냈습니다.

그날 밤도 어차피 또 없을 것이라고 우습게 보고 고노의 방 맹장지를 열었는데, 뜻밖에도 거기에는 주인공인 고노뿐만 아니라, 마을 주재소(駐在所, 파출소)의 순사의 얼굴도 보이고 무엇인가 이야기에 열중하고 있는 모습이었습니다.

고노 "아, 마침 좋을 때 와 주었군요. 들어와요."

제가 머뭇거리고 있는 것을 보자 고노는 붙임성 있게 말을 걸었습니다. 저는 보통 때라면 사양해야 할 곳을 아무래도 사건에 관한 이야기인 것 같아 호기심을 억누르기 힘들어 그가 말하는 대로 방 안에 들어갔습니다.

고노 "내가 친하게 지내는 사람입니다. 괜찮은 사람이니 자 말씀을 계속하십시오."

고노는 저를 소개하고, 순사는 계속 말했습니다.

순사 "지금도 말한 바와 같이 이 호수 맞은편 마을에서 온 남자의 이야기예요. 저는 여기에 오는 도중, 우연히 거기를 지나가다가 마을 사람들과 이야기하는 것을 들었는데. 잘은 모르지만 이틀정도 전의 한밤중 때 라고 합니다. 이상한 냄새가 났다고 합니다. 그것을 알아차린 사람은 그 남자뿐만 아니라 같은 마을에 많이 있었다고 하네요. 무슨 냄새인가 하면 그게 화 장터 냄새라고 하더군요. 이 부근에는 화장터 같은 것은 없는데 말입니다. 아무래도 이상해요."

고노 "사람이 타는 냄새인 거군요."

고노는 대단히 흥미가 생긴 듯 눈을 반짝이며 되물었습 니다.

순사 "그렇습니다. 사람이 타는 냄새입니다. 그 이상한 뭐라 고도 형용할 수 없는 고약한 냄새입니다. 그 말을 들자 저는 문득 이번 살인사건에 관한 것을 생각해냈습니다. 마침 사체가 분실되어 애를 먹고 있을 때이니까요. 사람이 타는 냄새라면 뭔가 관련이 있는 듯한 생각이 들어서요."

고노는 뭔가 집히는 것이라도 있는지 기세를 올려

고노 "요 2, 3일 바람이 심하게 불었지요. 남풍이지요. 맞아 남풍이 계속 불었다는 점이 문제야."

순사 "어째서 말입니까?"

고노 "그 냄새가 난 마을은 정확히 이 마을의 남쪽에 해당하는 것은 아닙니까?"

순사 "정확히 남쪽입니다."

고노 "그럼 이 마을에서 사람을 태우면 그것이 거센 남풍 때문에 호수를 건너 건너편 마을까지 냄새가 퍼져갈 것입니다."

순사 "하지만 그러면 건너편 마을보다는 여기서 냄새가 심하게 날 법한데요."

고노 "아뇨, 반드시 그렇지 않아요. 예를 들어 호숫가에서 태웠다면 바람이 거세니까 냄새는 전부 호수 쪽으로 날아가 버려서 이 마을에서는 오히려 알아차리지 못할지도 모릅니다. 바람이 불어오는 쪽이니까요."

순사 "그렇다고 치더라도 아무도 모르게 사람을 태우다니 그런 것이 가능하다고는 생각되지 않습니다만."

고노 "어떤 조건에 따라서는 가능해요. 예를 들어 목욕탕 아궁이 속 같은 데에서 하면 … ."

순사 "네! 목욕탕이라고요?"

고노 "네, 목욕탕 아궁이이에요. … 나는 오늘까지 여러분들과 달리 나만의 방식으로 이 사건을 탐정처럼 조사했습니다. 그리고 거의 범인을 밝혀냈는데 단지 하나 사체를 어떻게 처리했는지 알 수 없어서 당국에 신고하는 것을 삼갔던 것입니다. 그게 지금 말씀으로 완전히 알 것 같은 생각이 듭니다."

고노는 우리가 놀라는 모습을 자못 만족스럽게 바라다보면서 뒤로 돌아 가방을 끌어당기자 그 속에서 한 자루의 단도를 꺼냈습니다. 칼집은 없고 시커멓게 더러워진 다섯 자 정도의 흰 나무로 만든 손잡이가 달려 있는 것입니다. 그것을 보자, 저는 퍼뜩 어떤 것을 생각해냈습니다. 거울 앞에서 살인의 그림자를 보았을 때, 남자의 손에 쥐어 있던 것이 역시 그런 단도였습니다.

고노는 제 쪽을 보고 말했습니다.

고노 "이것을 본 적은 없습니까?"
나 "네, 그런 식의 단도였습니다."

저는 엉겁결에 그만 입을 잘못 놀렸는데 거기에 순사가 있는 것을 깨닫고 아뿔싸 하고 생각했습니다. 들키지 않고 남을 들여다볼 수 있는 장치의 비밀이 탄로 날지도 모르기 때문입니다. 고노는 제 실언을 기회로 삼아,

고노 "이제 털어놓는 것이 좋지 않겠습니까? 언젠가는 알게 될 일이고, 게다가 바로 안 들키고 보는 안경 건에서 시작하지 않으면 제 이야기가 거짓말이 되고 마니까요."

생각해 보니 그가 하는 말은 지극히 당연했습니다. 이 단도를 본 기억이 있다는 것을 분명히 하기 위해서도, 손등의 상처인 경우에도 트렁크 남자의 무죄를 입증할 시간에 관해서도, 또는 들키지 않고 남을 들여다볼 수 있는 장치를 떼고

있을 때 발견한 수상한 사람 모습에 관해서도, 그 밖의 여러 가지 점에서 다 털어놓지 않으면 난처할 것 같습니다.

나 "정말 시답지 않은 장난을 치고 있었습니다."

저는 다급해져서 이런 식으로 시작했습니다. 털어놓을 거라면 고노 입으로가 아니라 제가 직접 적어도 완곡하게 이야기하고 싶다고 생각했기 때문입니다.

나 "이 여관 목욕탕 탈의실에 이상한 장치를 만들었습니다. 거울과 렌즈의 작용으로 제 방에서 거기를 들여다볼 수 있게 했습니다. 특별히 악의가 있던 것은 아닙니다. 너무 한가해서 학교에서 배운 렌즈의 이치를 약간 응용해 보았을 뿐입니다."

이런 식으로 되도록 제 변태적인 기호 등은 언급하지 않고 깔끔하게 설명했습니다. 순사는 너무나 뜻밖의 사항이라서 조금 납득이 안 되는 것 같았는데 반복해서 설명하는 사이에 이야기의 줄거리만은 분명히 이해할 수 있었습니다.

나 "이런 까닭에 중요한 시간에 관한 일 등을 지금까지 감춘

것은 정말 면목이 없습니다만, 첫 조사 때 그만 할 말을 다 하지 못해서, 게다가 하나는 그런 기묘한 장치를 해서, 혹시 제가 범죄에 관련이 있는 것처럼 오해라도 받으면 큰일이라고 생각했습니다. 그러나 고노 씨의 지금 이야기로는 이미 범인도 알았다고 하니 그런 염려는 없습니다. 뭐하시면 나중에 실물을 보여드려도 괜찮습니다."

고노 "그래서 이번에는 제 범인 수색의 전말입니다만."

고노가 대신 설명을 시작했습니다.

고노 "먼저 이 단도입니다. 보십시오. 칼끝에 이상한 얼룩이 묻어 있습니다. 잘 보면 혈흔이라는 것을 알 수 있습니다."

전체가 더럽고 거무스름해져 있어 잘 보지 않으면 알 수 없을 정도였지만, 이 칼끝에는 검게 혈흔 같은 것이 부착되어 있습니다.

고노 "거울에 비친 것과 같은 유형의 단도로 그 끝에 피가 묻어 있으니까, 이것이 살인의 흉기라는 것은 명백

합니다. 그런데 저는 이 단도를 어디에서 발견했다고 생각합니까?"

고노는 다소 점잔빼며 말을 끊고 우리 얼굴을 뚫어지게 비교해 보았습니다.

28.

고노는 더러운 단도를 한손에 들고 우리 얼굴을 둘러보았을 때, 순간적으로 제 머리에는 그 단도의 주인이여야 할 용의자의 용모가 계속해서 나타났다가 사라졌습니다. 트렁크의 남자, 여관 주인, 마쓰무라라는 초키치의 주인, 회중전등의 남자 … 그리고 마지막까지 남은 사람은 역시 바로 그 탐욕스러운 호반정의 주인이었습니다. 지금 고노의 입에서 새어나오는 이름은 필시 그가 틀림없다고 믿고 있었습니다. 그런데 고노는 뜻밖에도 저를 비롯해 전에 의심을 하지 않았던 엉뚱한 한 인물을 지칭한 것이 아닙니까?

고노 "이 단도는, 목욕탕 불 때는 곳의 구석에 있는 어둑어둑한 선반 위에서 발견한 것입니다. 거기 선반에는 산조의 소지품이 먼지투성이가 되어 쌓아 올려 있습니다. 거기에 더러운 양철 상자가 감춰져 있었습니다. 가장 사람 눈에 띄기 어려운 곳입니다. 상자 속에는 이상한 것이 들어 있었습니다. 아직 그대로 내버려 두었는데 아름다운 여성용 지갑이나 금반지, 많은 은화 그리고 이 피비린내 나는 단도도 말입니다. … 말할 필요도 없이 단도의 주인은 목욕물을 끓이는 산조입니다."

마을의 순사도 저도 말을 안 하고 고노의 후속 이야기를 기다리고 있었습니다. 그 정도의 사실로는 그 얼갈이인 산조가 범인이라니 도저히 믿을 수 없었기 때문입니다.

산조 "그리고 범인인 그 산조 말입니다."

고노는 매우 침착함을 보이며 이야기를 계속했습니다.

고노 "이 사건에는 의심할 만한 인물이 많이 있습니다. 첫째는 트렁크의 남자, 둘째는 마쓰무라라는 젊은이, 셋째는 이 여관의 주인. 첫 번째의 용의자에 관해서는 경찰에서도 전력을 다해 수색을 하신 것 같습니다만, 지금으로서는 행방불명입니다. 그러나 그 두 사람을 의심하는 것은 근본적으로 잘못 되었습니다."

그래서 고노는 전에 제게 설명한 시간적 부조리에 관해 설명했습니다.

고노 "두 번째 마쓰무라 청년은 이 사람도 경찰에서 일단 취조한 것 같은데 아무런 의심할 만한 점이 없는 것을 알았습니다. 기생 시메지(〆治)와 같은 차로 집에 돌아와서 그 후 의심스러운 행동이 없으니까 그에게 사체를 처리할 여유가 없고 따라서 범인이 아닌 것을 분명합니다. 무엇보다도 완전히 반한 여자를 죽일 만한 동기도 없었습니다. 그리고 바로 그 수상한 인물이 떨어뜨리고 간 지갑은, 음, 이 여관 주인의 소지품이지만, 단지 그것뿐으로 그 후 조사해 보니 그는 사건이 발생한 시각에는 자기 방에서 자고 있던 것이 분명해졌습니다. 부인을 비롯해서 고용인의 말하는 내용이 딱 일치하고 있었을 뿐만 아니라 아이들까지 그것을 증명해 주었습니다. 아이들은 거짓말을 하지 않습니다."

여기에서 다시 고노는 지난밤의 수상한 인물에 관해 한 차례 설명을 더했습니다.

고노 "즉 우리가 의심한 용의자들은 모두 진짜 범인이 아닌 것을 알 수 있었습니다. 우리는 왕왕 너무 아주 가까운 것을 아주 가깝기 때문에 놓치는 경우가 있습니다. 예를 들어 백치에 가까운 얼간이라고 하더라도 경찰들은 왜 목욕물을 끓이는 산조를 의심해 보지 않았을까요? 산스케(三助)30)도 목욕탕에 부속된 도구가 아닙니다. 역시 사람입니다. 목욕탕 출입구는 양쪽에 있습니다. 목욕물을 끓이는 곳에서도 탈의실에 자유롭게 들어올 수 있습니다. 그리고 그 짧은 시간에 10시 30분에서 5분이나 10분 사이에 사체를 처리할 수 있는 입장에 있는 사람은 산조를 제쳐놓고 아무도 없습니다. 그는 일단 불 때는 곳의 석탄이 쌓여 있는 곳 뒤로 사체를 감춰 두고 심야를 기다려서 천천히 인육 요리를 행할 수 있었을지도 모릅니다."

고노는 점점 연설조가 되어 의기양양하게 지껄였습니다.

고노 "그러나 그 얼갈이는 말입니다. 게다가 정직한 것으로

---

30) 산스케(三助) : 때밀이. 목욕탕에서 물을 데우고 손님의 몸을 씻어 주는 남자 고용인.

알려진 산조입니다. 저도 설마라고 생각했습니다. 그를 의심하기 시작한 것은 아주 최근입니다. 어제 목욕탕 뒤에서 산조를 마주쳤을 때, 별안간 알아차리고 그의 손등에 검은 선이 나 있었다, 그러니 당연히 저는 바로 그 범인의 손의 상처 흔적을 생각해내지 않을 수 없었습니다. 확실히 굵게 한일자로 그어져 있는 선이, 그대가 이야기한 것과 아주 흡사합니다. 저는 퍼뜩 어떤 일이 마음에 짚여 그러나 아무렇지도 않게 『이건 어떻게 된 거야?』라고 묻자, 『에헤』라고 그 얼빠진 대답을 하고 산조는 자주 손등을 문질렀지만 좀처럼 그 선이 사라지지 않았습니다. 아무래도 불 때는 곳의 그을음이 묻은 물건을 강하게 만진 흔적인 것 같습니다."

고노는 여기에서도 다시 순사를 위해 들키지 않고 남을 들여다볼 수 있는 장치의 상(像)에 관해 자세한 설명을 덧붙일 필요가 있었습니다.

고노 "그 거울에 보인 상처 흔적은 실은 이것과 같은 그을음의 더러움에 지나지 않았던 것은 아닌가? 저는 그것을 깨달았습니다. 그런 희미한 상이니까, 그을음의 한 줄기가 어쩌면 상처 흔적으로 보였습니다. 이봐, 그대는 어떻게 생각합니까?"

고노가 의견을 물어서 저는 잠시 생각했습니다.

나 "한 찰나에 발생한 일이라서 어쩌면 잘못 보았을지도 모릅니다만."

제 머리에서는 아직 그 상처 흔적 인상이 사라지지 않았다. 따라서 도무지 그을음의 더러움이라고는 생각되지 않습니다.

고노 "거울에 비친 것은 이런 손이 아니었습니까?"

그러자 고노는 갑자기 그의 오른쪽 손등을 제 눈앞에 내밀었습니다. 보니 거기에는 손등 가득히 비스듬한 검은 선이 쳐져 있습니다. 그것이 너무나도 거울에서 본 것과 닮았기에 저는 저도 모르게 소리를 지르지 않을 수 없었습니다.

나 "그것입니다. 바로 그것입니다. 고노 씨는 어째서 그런 상처 흔적이 있는 것입니까?"

고노 "상처가 아닙니다. 역시 그을음입니다. 묘하게 흡사하지요."

고노는 감탄한 듯이 자기 손을 바라다보면서

고노 "그런 까닭에 산조를 의심스럽게 생각했는데 저는 아까 말한 불 때는 곳의 선반을 조사해 보았습니다. 물론 산조가 없을 때에요. 그러자 그 양철 상자 말입니다. 단도를 비롯해서 산조에게 어울리지 않는 물건들 말입니다. 그런데 그 선반을 찾을 때 말이지요, 거기에는 두 단으로 선반이 있고 그 간격이 좁아서 아래 선반의 안쪽으로 손을 집어넣자, 위 선반의 뒤쪽 띳장에서 손등을 문지르게 되는, 그것이 띳장의 모서리이면 거기에 싸인 그을음 때문에 이런 자국이 묻는 셈입니다."

고노는 손짓을 섞으면서 계속 이야기합니다.

고노 "이것으로 점점 산조가 의심스러워지겠지요. 그리고 또 하나 저는 산조의 버릇에 관해 아무도 모르는 것을 알고 있었습니다. 이제 꽤 전의 일입니다. 제가 여기에 와서 얼마 안 되는 시기의 일입니다. 우연히 산조가 겉보기와는 달리 못된 사람인 것을 발견했습니다. 녀석은 저래도 손버릇이 나쁩니다. 탈의실에 물건 등을 두고 오면 슬쩍 가지고 갑니다. 저는 그 현장을 본 적이 있어요. 하지만 그때는 별 게 아니어서 폭로하지도 않고 그대로 못 본 체했는데, 양철 상자를 보고 놀랐습니다. 이건 큰 도둑입니다. 우직한 사람 등을 방심하고 있으면 왕왕 이런 녀석이 있습니다. 그 방심이 그를 사도(邪道, 올바르지 못한 길)로 이끄는 하나의 동기도 된 것이겠지요. 게다가 백치에게는 흔히 도벽이 수반되는 경우가 있으니까요."

29.

나 "그럼 그렇다고 치고, 빨리 산조를 붙잡아야 하는데."

저는 목욕탕 쪽에 생각이 가 있어서 고노의 장황한 설명을 지루하게 생각했습니다. 시골 순사 같은 사람은 성격이 느긋하기 때문에 전혀 아무렇지도 않게 앉아 있습니다. 고노도 고노입니다. 설명은 나중에 해도 좋을 것을 아직도 장황하게 계속 지껄일 심산입니다.

고노 "사체 처리에 가장 편리한 위치에 있는 것, 손등의 그 을음 흔적, 피가 묻은 단도, 갖가지 장물, 즉 그가 겉보기와 달리 못된 놈인 것, 이 정도 증거가 모이면 이제 그를 범인이라고 볼 수밖에 없겠지요. 그 날 아침 탈의실을 청소하면서 매트 위치가 잘못 된 것을 바로 잡지 않았던 점 등도 셀 수 있습니다. 다만 살인의 원인은 저도 잘 모르지만 그런 백치에 가까운 남자가 하는 일이니, 우리의 상상이 미치지 않는 동기가 없었다고는 할 수 없습니다. 술로 흐트러진 여자를 보고 순간의 충동을 억누르고 못했는지도 모른다. 그렇지 않으면 바로 그 못된 짓을 초키치가 알아서 그녀의 입을 통해 발각되는 것을 두려워한 나머지 무분별에서 저질렀는지도 모릅니다. 이것은 상상에 지나지 않지만 동기 여하에 관계없이 그가 범인인 것은 의심할 여지가 없는 것 같습니다.

순사 "그럼 그는 초키치의 사체를 목욕탕 아궁이에서 태워버렸다고 말씀하시는 겁니까?"

순사는 믿을 수 없다는 얼굴을 하며 끼어들었다.

고노 "그렇다고 하는 것 이외에 달리 생각할 수 없습니다. 보통 사람들에게는 상상도 못하는 잔혹한 행위이지만, 그런 남자에게는 우리 선조의 잔인성이 다량으로 남아 있다고 할 수 있습니다. 더구나 발각을 걱정하는 이지가 결여되어 있습니다. 예상외로 일을 할지도 모르는 것입니다. 그는 목욕물을 데우는 사람이니까요. 사체를 감출 필요에 몰릴 경우 생각이 그것으로 가는 것은 극히 자연스러워요. 게다가 범인이 사체 은폐 수단으로 그것을 소각한 예는 드물지 않습니다. 유명한 웹스터(John White Webster) 교수가 친구를 살해하고 실험실 스토브에서 태운 이야기, 파란 수염의 랑드뤼가 복수의 피해자를 유리공장의 화로나 시골 별장 스토브에서 태운 이야기 등은 여러분들도 아마 들어서 아시겠지요. 여기 목욕탕의 아궁이는 정식 보일러이라서 충분한 화력이 있습니다. 단번에 태울 수는 없어도, 사흘이나 나흘 걸려 손은 손, 다리는 다리, 머리는 머리와 같이 조금씩 태워 가면 불가능한 일이 아닙니다. 다행히 강한 남풍이 불고 있었습니다. (백치인 그는 그런 것조차 생각하지 않았는지도 모릅니다.) 모두가 잠들어 고요해진 한밤중입니다. 그는 좀처럼 사람이 오지 않는 그 자신의 방에 틀어박혀 아주 자연스럽게 그것을 해낼 수 있었습니다. 이 생각은 너무 지나치게 뜻밖일까요? 그럼 저 건너편 강가의 마을 사람들이 느낀 화장터의 냄새를 어떻게 해석하면 좋을까요?"

순사 "하지만 여기서 전혀 냄새가 안 것은 이상하네요."

순사는 반신반의하면서 다시 물어보았습니다. 저로서도 왠지 모르게 이 주장에는 수긍하기 어려웠습니다.

고노 "태운 것은 사람이 자고 있는 한밤중임에 틀림없습니다. 다소 냄새가 남아 있어도 아침까지는 강한 바람에 날려가 버립니다. 아궁이 재는 항상 호수 속에 버리니까 뼈도 아무것도 남지 않습니다."

실로 터무니없는 상상이었습니다. 과연 화장터의 냄새가 났다는 움직일 수 없는 사실은 있지만, 그것만의 근거로 고노처럼 단정해 버리는 것은 너무 별나지 않을까요? 저는 나중이 될 때까지 이 의문을 버릴 수가 없었습니다. 그것은 여하튼 간에 사체 처리 관계없이 산조가 범인이라는 것은 고노가 철저히 조사한 사실만으로 충분히 판명되었습니다.

순사 "당장 산조를 붙잡아서 심문해 봅시다."

고노의 연설이 일단락 짓자 마을 순사는 서서히 일에 착수했습니다.

우리 세 사람은 정원을 통해 목욕탕의 불 때는 곳을 목표로 하여 가까이 갔습니다. 이미 10시경이었습니다. 역시 바람이 거센 깜깜한 밤입니다. 저는 말로 헤아릴 수 없는, 공포라고도 연민이라고도 할 수 없는 감정 때문에 가슴이 뛰는 것을 금할 수 없었습니다.

불 때는 곳의 출입구에 오자 시골 순사도 역시 관청의 용무를 받드는 관리입니다. 그는 전문가다운 일종의 태세와 함께 재빠르게 휙 문을 열고 안으로 뛰어들었습니다.

순사 "산조!"

낮지만 힘이 들어간 소리가 울려 퍼졌습니다. 그러나 모처럼의 채비가 아무런 보람도 없게 거기에는 산조의 그림자도 없고 전부터 알고 있는 여기저기 뛰어다니며 심부름하는 할아범이 새빨갛게 타오르는 아궁이 앞에 멍하니 앉아 있을 뿐입니다.

할아범 "산스케, 산조는 저녁때부터 모습이 보이지 않아요. 어디 갔는지 전혀 행방을 알 수 없어요. 그래서 내가 대신 여기를 지키라는 분부를 받아서요."

할아범은 얼빠진 표정으로 순사 질문에 대답했습니다. 그리고 나서 큰 소동이 벌어졌습니다. 순사가 산기슭의 경찰서에 전화를 건다. 수색대가 조직된다. 그리고 그들이 가도의 위아래로 급히 달려간다. 이것으로 이제 산조의 유죄는 더욱더 움직일 수 없는 것이 된 셈입니다.

정식 수색은 다음날 아침을 기다려서 행해졌습니다. 가도 연변에서 벗어나서 수풀 속, 계곡 사이, 샅샅이 찾아다닌 것입니다. 고노도 저도 내친걸음이라 가만히 있을 수는 없습니다. 일을 분담하여 수색대에 가담했습니다. 그 소동이 점심 무렵까지나 계속되었을까요? 가까스로 산조의 소재를 알았습니다.

호반정에서 가도를 5,6정(町)31) 간 곳에, 산길을 향해 새는, 좁고 험한 산길이 있습니다. 그것을 몇 번 돌아 5리(里)나 가면, 무슨 강의 상류인지 깊은 산골짜기로 나옵니다. 산골짜기를 따라 위험하게 보이는 잔도(桟道)32)가 이어집니다. 그 가장 위험한 곳에 약간 산사태가 생긴 것을 순사 한 사람이 발견했습니다.

몇 장(丈)33) 단애(斷崖) 아래에 문제의 산조가 피투성이

---

31) 정(町) : 거리나 지적(地積) 단위의 하나. 1정은 60간(間; 약 1.818m).
32) 잔도(桟道) : 절벽과 절벽 사이에 걸쳐 놓은 다리로 된 길.
33) 장(丈) : 1장(丈)은 10자 대략 3m에 상당한다.

가 되어 쓰러져 있었습니다. 아래는 온통 바위투성이입니다. 아마 땅거미가 질 때 잔도(棧道)에 발을 헛디뎌서 떨어진 것이겠지요. 바위에는 거무칙칙한 피가 섬뜩하게 흐르고 있었습니다. 중요한 범인은 아무런 고백도 하기 전에 이것이 천벌일까요? 참혹하게 죽고 말았습니다.

사체 호주머니 속에서는 고노가 양철 상자에서 봤다는 각종 장물이 발견되었습니다. 산조가 도망치는 도중 뜻밖의 죽임을 당한 것은 명백합니다.

사체의 운반, 검사들의 임검(臨檢)34), 마을에 가득 찬 소문 이야기, 하루가 소란 속에서 막을 내렸습니다. 산조의 방이었던 불 때는 곳도 충분히 조사한 것 같습니다. 그러나 사체 소각의 흔적에 관해서는 결국 아무것도 발견할 수 없었습니다.

사건은 급전직하로 낙착된 것처럼 보였습니다. 피해자의 소실에 관해 살인의 동기에 관해 다소 애매한 점이 있었지만 산조의 범행은 누구도 부정할 수는 없습니다. 대규모의 트렁크 수색이 아무런 성과도 없어 다소 이 사건을 처치 곤

---

34) 임검(臨檢) : 법원이나 수사 기관이 범죄 현장이나 기타 법원 이외의 장소에서 실시하는 검증.

란해했던 법원은 산조의 죽음에 의해 구제받은 듯한 생각이 들었는지도 모릅니다. 검사들은 얼마 안 있다가 산기슭의 도시를 철수했습니다. 경찰은 수색을 어느 사이에 중지한 형태로 되었습니다. 그리고 호반 마을은 다시 원래의 정적으로 돌아왔습니다.

가장 어이없는 꼴을 당한 곳은 호반정입니다. 그 당장은 호기심이 많은 손님이 문제의 목욕탕을 구경할 겸 찾아오는 적도 있었지만 그러는 사이에 초키치(長吉)의 유령이 나왔다든가 산조(三造)의 중얼대는 소리가 들렸다든가 소문이 소문을 낳아 부근 사람들조차 호반정을 기피하게 되고 결국에는 손님이 하나도 없는 날이 계속되었습니다. 그리고 지금은 다른 여관이 세워져서 그렇게도 유명했던 호반정은 옛 모습을 찾아볼 수 없을 정도로 완전히 쇠락하고 말았다는 것입니다.

독자 여러분, 이상이 호반정 사건의 표면상의 이야기입니다. A호반 마을 사람들의 소문 이야기나 Y도시 경찰서의 기록에 남아 있는 사실은 아마 더 이상의 것이 아닙니다. 그럼에도 불구하고 제 이야기의 중요한 부분은 실은 지금부터 나중에 있습니다. 그렇다고 하더라도 지겨워하실 필요는 없습니다. 그 긴요한 부분은 단지 얼마 안 되는 원고지로 말하면 20, 30매 정도로 정리되는 사항이니까요.

사건이 해결되자 우리는 당장 이 기분 나쁜 곳에서 철수하기로 했습니다. 사건 이후 한층 친해진 고노와는 방향이 같아서 같은 기차를 탔습니다. 저는 말할 필요도 없이 T시까지 고노는 그 훨씬 앞에 있는 I이라는 역에서 내릴 예정이었습니다.

두 사람은 각각 대형 가방을 들고 있었습니다. 제 것은 바로 들키지 않고 남을 들여다볼 수 있는 장치를 숨긴 사각 가방, 고노의 것은 낡아빠진 옆으로 긴 것, 복장은 둘 다 공히 전통 복장이었습니다. 그래서 호반정을 출발하는 광경이 왠지 트렁크를 든 두 일행과 닮았다고 생각되었습니다.

나 "트렁크의 남자는 어떻게 된 것일까요?"

저는 그 연상에서 엉겁결에 고노에게 말을 걸었습니다.

고노 "글쎄요? 어떻게 되었을까요? 우연히 남의 눈에 띄지 않게 이 마을을 떠났다는 것은 아닐까요? 여하튼 간에 그 일행에 대해 새삼스럽게 문제 삼는 것은 필요가 없으니까요. 이번 범죄에는 전혀 관계가 없을 테니까요."

그리고 우리가 탄 상행선 열차는 추억이 많은 호반 도시를 떠났습니다.

30.

고노 "아, 겨우 기분이 상쾌해졌네. 아름다운 경치가 아닙니까? 그런 사건에 관련이 있을 동안은 우리는 완전히 이런 것을 잊고 있었네요."

 창밖을 지나가는 초여름 경치를 바라다보면서, 고노는 정말 누긋하게 말했습니다.

나 "정말이네요. 전혀 별세계이네요."

 저는 맞장구치며 대답했습니다. 그러나 제게는 이 사건의 너무나도 싱거운 종말에 왠지 모르게 납득을 할 수 없는 점이 있었습니다. 예를 들어 사체 소각이라는 세상에 흔히 않은 것에 그것을 뒷받침하는 화장터의 냄새가 빈틈없이 준비되어 있거나 범인을 찾았는가 싶더니 그때는 그는 이미 시체가 되어 있거나, 트렁크 남자의 (적어도 트렁크 그 자체의) 행방을 결코 알 수 없게 되었거나, 생각하면 생각할수록 이상한 느낌이 듭니다. 더 비근한 사항을 말하면 지금 제 앞에 앉아 있는 고노 자신의 낡아빠진 손가방, 그 안에는 아마 헌책 몇 권과 그림 도구, 의류 몇 벌이 들어 있는 것에 지나지 않는 가방을 그는 무슨 연유로 그렇게 소중한 것처럼 하고 있을까요? 잠깐 물을 때마다 일일이 자물쇠를 채워 닫아두고, 그 열쇠를 주머니 속에 숨기는 걸까요? 저는 이상하게 고노의 낡은 가방이 신경 쓰였습니다. 그것과 더불어 고노 본인의 태도까지도 왠지 마음에 걸립니다.

따라서 제 모습에 약간 이상한 데가 보였겠지요. 고노도 왠지 모르게 경계하는 기색을 보이기 시작했습니다. 그리고 더욱더 이상한 것은 대단히 능숙하게 그런 티가 안 보이게 꾸미고 있었는데 저는 그의 눈이(라고 하기보다도 그의 마음 그 자체가) 머리 위의 그물 선반에 얹어 놓은 낡은 가방에 무시무시한 힘으로 끌리고 있는 것을 알 수 있습니다.

그것은 실제 기묘한 변화였습니다. 호반정에서의 십 여일, 바로 그 범죄사건에 관련되어 있을 동안에는, 일찍이 그런 의심의 편린조차도 느끼지 않았던 제가 지금 사건이 아무튼 해결되어 귀경하려고 하는 기차 속에서 문득 이상한 생각이 드는 것입니다. 그러나 생각해 보면 일반적으로 의심이라는 것은 대부분 그런 뜻밖의 계기에서 나오는 것인지도 모릅니다.

하지만 만일 그때 고노의 낡은 가방이 선반 위에서 떨어지는 우연의 사건이 없었다면, 저의 있는 둥 마는 둥의 의념(疑念)은 시간과 함께 사라져 없어졌을지도 모릅니다. 그것은 아마 급한 커브를 돌았을 때이겠지요. 그 심한 차체의 흔들림은 고노로서는 정말 저주해야 할 우연이었습니다. 그렇다고 하더라도 그 낡은 가방이 굴러떨어졌을 때 공교롭게도 잠가두었다고 생각한 자물쇠가 어쩌다가 그만 잘 채워져 있지 않았다는 것은 어쩔 수 없는 불운이라고 해야 합니다.

가방은 마침 제 발밑으로 굴러떨어졌습니다. 그리고 놀랄 만한 안에 있는 물건이 눈앞에 열린 가방 아귀에서 하마터면 흘러나올 뻔했습니다. 아니 안에 있는 물건은 제 발밑으로 굴러 나오기조차 했습니다.

독자 여러분, 그것이 글쎄 뭐였다고 생각합니까? 잘게 잘라버린 초키치의 시체(?) 아니 설마 그런 것은 아닙니다. 실은 몇 만 엔인지도 모를 엄청난 양의 지폐 다발이었습니다.

그리고 발밑으로 굴러 나온 물건은 이것이 또 묘한 것으로 의사가 사용하는 유리로 만든 주사기였습니다.

그때의 고노의 당황한 모습은 뭐라고 이를 데가 없었습니다. 깜짝 놀라 얼굴이 빨개지고 다음 순간에는 창백해져서 몹시 급하게 떨어진 것을 주워 집어넣고 가방 뚜껑을 닫고 의자 밑으로 밀어 넣어 버렸습니다. 저는 지금까지 고노라는 남자는 이지(理智)만으로 이루어진 철과 같은 인간이라고 생각했는데 이 허둥대는 모습은 뭘까요? 그는 아슬아슬한 순간 약점을 폭로하고 말았습니다.

고노가 아무리 재빨리 가방 뚜껑을 닫았다고 하더라도 그 안에 있는 것을 제가 놓칠 리가 없습니다. 고노도 물론 그것을 알고 있습니다. 알면서도 그는 간신히 안색을 고치자 아주 태연한 모습으로 앞에서 하던 대화의 후속 이야기를 하기 시작했습니다.

엄청난 양의 지폐와 주사기. 이것이 도대체 무엇을 의미하는지 너무나도 의외라서 저는 잠시 아무런 말도 안 하고 갈피를 못 잡고 있었습니다.

31.

그러나 고노가 아무리 많은 돈을 소지하고 있든, 또는 직업과 다른 의료 기계를 휴대하고 있든, 그것은 그냥 의외라는 것에 그치고 특별히 책망할 만한 것도 아닙니다. 그렇다고 해서 이대로 수수께끼를 수수께끼로 헤어져 버리는 것도 몹시 마음에 걸립니다. 저는 어떤 식으로 이 곤란한 질문을 꺼낼까 어찌할 바를 몰라 이리저리 생각에 잠겼습니다.

고노는 상당한 노력으로 아무렇지도 않은 태도를 계속 가장했습니다. 적어도 제게는 그렇게 보였습니다.

고노 "들키지 않고 남을 들여다볼 수 있는 장치는 잊지 않고 가지고 왔지요?"

그는 그런 엉뚱한 것을 묻거나 했습니다. 이것은 물론 그 자신의 낭패를 숨기기 위한 무의미한 말에 지나지 않았지만, 해석 여하에 따라서는 '자네도 그런 비밀을 가지고 있잖아?" 하고 협박하는 말로도 생각할 수 있었습니다.

우리의 무언의 갈등을 싣고 기차는 어느 틈엔가 수 백리의 산하를 달리고 있었습니다. 그리고 얼마 후 고노가 하차해야 할 역에 도착했습니다. 그런데 저는 그 역을 그만 깜빡 잊고 있다가 발차 경적이 울리고 나서 겨우 알아차리자, 어찌 된 일인지 고노는 태연하게 하차할 낌새도 보이지 않습니다.

나 "고노 씨, 여기에서 내리는 것이 아닙니까?"

저로서도 고노가 거기에서 내리면 곤란하지만 한순간에 엉겁결에 이렇게 말을 걸었더니 고노는 왠지 잠깐 얼굴이 빨개지고,

고노 "아 그랬지. 뭐 괜찮아요. 이다음 역까지 더 타고 갑시다. 이제 도저히 내릴 수 없으니."

라고 변명하는 것처럼 말했습니다. 말할 필요도 없이 그는 일부러 내릴 기회를 놓친 것입니다. 저는 다소 기분 나쁘게 느끼지 않을 수 없었습니다.

2마일 몇십 체인(chain)35)의 다음 역은, 눈 깜짝할 사이에 다가왔습니다. 그 역의 신호표(信号標)가 보이기 시작했을 때, 고노는 머뭇머뭇하면서 묘한 말을 꺼낸 것입니다.

 고노 "그대에게 긴히 부탁하고 싶은 것이 있는데, 기차 하나를 늦춰 주실 수 없겠습니까? 이 역에서 하차해서 다음 상행선이 올 때까지 3시간 정도 있는데요. 그 사이 제 부탁을 들어주실 수는 없겠습니까?"

 저는 고노의 갑작스러운 제의에 당황도 했고, 기분 나쁘게도 생각했지만 그가 너무나 간절히 부탁해서 설마 위험한 일도 아니겠지 라고 생각하고 게다가 호기심을 억누를 수 없어서 아무튼 그의 제안을 받아들이기로 했습니다.

 우리는 기차에서 내려서 옆 앞의 어떤 여인숙에 들어가서 잠시 쉬고 싶다고 말하고, 후미진 방 하나를 빌렸습니다. 옆방에 손님이 있는 모습도 없고 밀담하기에는 안성맞춤한 방입니다.

 주문한 술과 안주를 가지고 오고 하녀가 떠나자 고노는 몹시 말하기 어려운 듯이 머뭇머뭇하며 멋쩍음을 감추려고

---

35) 체인(chain) : 야드파운드법에서 주로 측량에 사용하는 길이의 단위로 1체인은 66피트로 약 20.12m.

제게 술을 권하는 등 했는데 얼마 안 있어 창백한 볼 근육이 바르르 경련을 일으키면서 결심한 듯 말을 시작했습니다.

고노 "내 가방 안의 물건을 보았습니까?"

그렇게 말하며 그가 나를 가만히 응시하자 아무것도 두려워할 필요가 없는 저까지가 아마 창백해진 것이겠지요. 두근거리는 것이 빨라지고 겨드랑이 아래에서 뚝뚝 차가운 것이 흐르는 것을 느꼈습니다.

나 "보았습니다."

저는 상대가 흥분하지 않도록 낮은 목소리로 그러나 사실을 대답하는 수밖에 없었습니다.

고노 "미심쩍게 생각했습니까?"
나 "미심쩍게 생각했습니다."

그리고 잠시 침묵이 계속됩니다.

고노 "사랑이란 것의 가치를 아십니까?"
나 "아마 알고 있다고 생각합니다."

그것은 마치 학교의 구두시험인지 법정의 심문이었습니다. 보통 때라면 금방이라도 웃음을 터뜨리고 말 것이겠지만 그 익살스러운 문답을 우리는 마치 결투와 같은 진지함으로 계속했던 것입니다.

<u>고노</u> "그럼 사랑을 위한 어떤 과실, 그것은 어쩌면 범죄일지도 모릅니다. 전혀 악의가 없는 남자의 그런 과실을 용서할 수 있겠습니까?"

나 "아마 할 수 있을 것 같습니다."

저는 충분히 상대를 안심시키는 그런 어조로 대답했습니다. 저는 그때도 고노에게 호의를 느낄망정 결코 반감은 갖고 있지 않았으니까요."

나 "고노 씨는 그 사건과 관계가 있었습니까? 혹시 고노 씨야말로 가장 중요한 역할을 맡은 것은 아닙니까?"

저는 과감히 물었습니다. 십중팔구 제 상상이 틀리지 않았다는 것을 믿으면서.

<u>고노</u> "그럴지도 모릅니다."

고노는 핏발 선 눈으로 순식간에 저를 째려보고 있었습니다.

고노 "만일 그렇다면 저를 경찰에 신고할 생각입니까?"
나 "아마 그런 일은 하지 않을 겁니다."

저는 말이 떨어지자마자 대답했습니다.

나 "이미 그 사건은 일단락이 났습니다. 지금 와서 새로운 희생자를 낼 필요가 없지 않습니까?"

고노는 다소 안심한 듯,

고노 "그럼, 내가 어떤 종류의 죄를 범했다고 하더라도 그것을 그대의 가슴속에만 담아두어 주시겠습니까? 그리고 내 가방 속에 있는 이상한 물건에 관해서도 잊어버려 주시겠습니까?"
나 "친구 사이가 아닙니까? 누구나 자기가 좋아하는 친구를 죄인으로 만들고 싶은 사람은 없을 것입니다."

저는 무리해서 가벼운 어조로 단언했습니다. 사실 그것이 제 본심이기도 했습니다. 그 말을 듣자 고노는 오랫동안 말을 하지 않고 있었지만 점점 얼굴을 찡그리면서 마지막에는 금세라도 울 것 같은 표정이 되어 이렇게 말하기 시작했습니다.

고노 "나는 당치도 않은 일을 그만 저지르고 말았습니다. 사람을 죽였습니다. 그저 우발적 충동으로 하기 시작한 일이 의외로 커졌습니다. 나는 그것을 어떻게 할 수도 없었습니다. 그 정도의 일을 모르다니 나는 이 얼마나 어리석은 사람이었던 것일까요? 사랑에 눈이 멀었던 것입니다. 실제가 마가 낀 것입니다."

고노에게 이런 나약한 또 하나의 면이 있으리라고는 실로 의외이었습니다. 호반정에서의 고노와 지금의 그는 어쩌면 이렇게 다른가요? 이상한 일이지만 고노의 약점을 알자 저는 전보다도 더욱 더 그에게 호의를 느끼지 않을 수 없었습니다.

나 "그럼 그대가 죽인 겁니까?"

저는 차를 마시면서 주고받는 한담이라도 하는 듯한 어조로 되도록 상대의 마음이 아프지 않게 물어보았습니다.

그러나 저도 모르게 의심을 나타냈습니다.

고노 "네, 내가 죽인 거나 마찬가지입니다."
나 "마찬가지라고 하면."
고노 "내 손으로 직접 죽인 것은 아닙니다."

조금 이야기가 알 수 없게 되었습니다. 그의 손으로 죽인 것이 아니라고 하면 그 거울에 비친 남자의 손은 도대체 누구의 것이었을까요?

나 "그럼 직접 살인을 한 하수인은 누구입니까?"
고노 "하수인 같은 것은 없습니다. 그 놈은 자기 자신의 과실로 죽은 것이니까요."
나 "과실이라고 하면 …."

문득 저는 당치도 않은 잘못을 깨달았습니다.

나 "아, 고노 씨는 산조에 관해 말하는 것입니까?"
고노 "물론 그렇습니다."

그 명료한 대답을 듣자 제 머리는 오히려 혼란스러워졌습니다.

32.

나 "그럼 고노 씨가 죽였고 하는 것은 바로 그 산조였던 것입니까?"

고노 "그래요. 누구라고 생각했습니까?

나 "말할 필요도 없이 기생 초키치입니다. 이 사건에는 초키치 이외에 살해당한 사람은 없지 않습니까?"

나 "아, 맞아요. 그랬지요."

저는 어안이 벙벙해서 고노의 얼빠진 얼굴을 응시했습니다. 대관절 어떻게 된 것일까요? 이 사건에는 뭔가 근본적인 큰 착오가 있던 것은 아닐까요?

고노 "초키치는 죽지는 않았어요. 찰과상 하나 입지 않았습니다. 그냥 모습을 감추었을 뿐입니다. 나는 내 일만 생각하고 있어서 그만 중요한 것을 말씀드리는 것을 잊어버렸어요. 죽은 것은 산조 한 사람입니다."

이것은 들키지 않고 남을 들여다볼 수 있는 장치의 그림자에 놀랐을 때, 저도 일단 생각하지 않은 것은 아니었습니다. 그것은 그냥 위장에 지나지 않는 것이 아닌가 하고. 그러나 그때도 설명한 바와 같이 여러 가지 사정이 도저히 그런 상상을 허락하지 않았던 것이 아닙니까? 그런고로 지금 고노의 아무렇지도 않은 듯이 천연스러운 말을 들은 것만으로는 오히려 무시당한 듯한 생각이 들어 갑자기 믿을 수도 없습니다. 나는 반신반의하며 반문했습니다.

나 "정말입니까? 그렇게 죽지도 않은 사람 때문에 경찰이 그렇게 큰 소동을 벌인 것입니까? 저는 뭐가 뭔지 전연 까닭을 모르겠습니다."

고노 "지당하십니다."

고노는 몹시 황송해하며 말했습니다.

고노 "내가 쓸데없는 책략을 부리려고 했기에 아무것도 아닌 일이 엄청난 큰 문제가 되고 말았습니다. 그리고 사람 한 명의 생명을 빼앗는 일이 벌어진 것입니다."

나 "처음부터 말해 주지 않겠습니까?"

저는 어디부터 물어봐야 좋을지 감조차 잡히지 않은 채 그에게 이렇게 부탁하는 수밖에 달리 방도가 없었습니다.

고노 "물론 그것을 말씀드리려고 생각합니다. 먼저 나와 초키치의 깊은 관계에 관해 말씀드려야 합니다. 그 여자와 저는 실은 어렸을 때 친하게 사귄 사이입니다. 이것만 말하면 그대도 충분히 상상이 되겠지요? 어릴 때의 소꿉친구를 잊을 수 없었던 나는 그녀가 다른 도시에서 일하러 나가고 나서도 종종 밀회를 반복했습니다. 그렇다고 해도 가난한 내게는 (여기에서 저는 그의 가방 속의 엄청난 지폐를 생각해내지 않을 수 없었습니다.) 맞아요. 그래서 그녀가 있는 곳에 다닐 자유가 없었습니다. 뿐만 아니라 저는 이렇게 여행에서 여행을 하며 지내는 몸인지라, 때로는 반년이나 1년도 얼굴을 보지 못한 채 지내는 때도 있었습니다. 이번도 역시 그래서, 1년쯤 전에 이 지방으로 이사해 왔다는 소문은 들었지만 (그것이 나를 이 산속으로 이끈 하나의 동기임에 틀림없습니다.) 그녀가 어떤 도시에 무슨 이름으로 나오는지 전혀 몰랐습니다. 초키치가 다름 아니라 제 연인인 것을 안 것은 사건이 일어나기 바로 하루 전입니다. 그때까지도 그 여자는 여러 차례 호반정에 왔었겠지만, 무슨 연유인지 한 번도 마주치지 않았습니다. 그것이 바로 그 전 날, 우연히 복도에서 스치듯 지나가다가 서로 알아차리고, '용서해 주세요', 저는 슬며시 그녀를 내 방으로 데리고 들어가서 뭐 쌓인 이야기를 한 셈입니다. 자세한 이야기는 시간이 없으니 생략하는데 그때 그녀는 갑자기 울음을 터뜨리며 '죽고 싶다, 죽고 싶다.'고 하며 마침내는 함께 죽을 것을 강요했습니다. 원래 내성적인 여자로 다소 히스테리도 영향을 미쳤겠지만, 처음부터 기생으로 살아가는 직업을 싫어했던 그녀는 Y도시로 이사하고 나서 친구다운 친구도 없고 같은 집에서 일하는 동료에게도 괴롭힘을 당하는 일이 많았던 것 같습니다. 그때 포주가 혹독하게, 최근 거론되고 있는 마쓰무라라는 재산가의 낙적(落籍, 기적에서 몸을 빼내 주는 것) 이야기가 점점 성가시게 되어 승낙을 하든가 빚을 배로 해서 다른 곳으로 옮겨가든가 둘 중에 하나라는 피할 수 없는 상황으로 몰리고 있었어요. 죽고 싶다는 것도 그녀의 기질로서는 뭐 당연한 것입니다. 그런 사정도 사정입니다만 무엇보다도 저를 골똘하게 만든 것은 그녀가 아직도 저를 계속 생각해 준다는 성의였습니다. 저는 가능하다면 여자의 손을 잡고 이 세상 끝까지도 멀리 달아나고 싶다고 생각한 것이었습니다.

그런데 때마침 그때 행인지 불행인지 이상한 일이 갑자기 발생했습니다. 설사 그 돌발 사건이 일어났다고 하더라도 또 하나의 조건이 없으면 그런 소동도 일어나지 않고 끝났을 것이지만, 정말 운이 안 좋은 (이라고 해도 뻔뻔스러운 이야기입니다만) 사정이 다 구비되었어요. 또 하나의 사정이라는 것은 실은 그대의 들키지 않고 남을 들여다볼 수 있는 장치입니다. 그 장치를 나는 미리 알고 있었습니다. 이것이 내 나쁜 버릇인데 남의 비밀을 뒤지는 탐정 버릇이라고도 할까요? 그 성질이 다분히 있어 그 장치 등도 거의 처음부터 알고 있었을 뿐 아니라 그대의 부재중에 방에 몰래 들어가서 그 거울을 들여다보기도

했습니다."

나 "잠깐 기다리세요."

저는 고노의 말이 끊어지는 것을 기다리고 있다가 그의 말에 끼어들었습니다. 그의 고백은 언제까지 기다려도 제 의문의 요점에 관해 언급하지 않는 것에 애가 타서 견딜 수 없었습니다.

나 "초키치가 죽지 않았다는 것은 아무래도 비합리한 생각이 들어 가만히 있을 수가 없습니다. 그 탈의실의 엄청난 양의 피는 누구의 것입니까? 인간의 혈액이라는 것은 의과대학의 박사도 증명하고 있지 않습니까? 그 정도의 피를 도대체 어디에서 가지고 왔다는 겁니까?"

고노 "아니 그렇게 서두르지 마십시오. 순서에 따라 말씀을 드리지 않으면 제가 헷갈리고 맙니다. 그 피에 관해서도 바로 말씀드릴 테니까요."

고노는 제가 말하는 도중에 끼어드는 것을 제지하고 더욱 더 그의 장황한 고백을 계속했습니다.

33.

고노 "그런 까닭에 나는 탈의실의 큰 거울의 어디쯤에 서면 몸의 어느 부분이 들키지 않고 남을 들여다볼 수 있는 장치에 비칠까 하는 것을 알고 있었습니다. 마침 그 당시, 들키지 않고 남을 들여다볼 수 있는 장치가 망원경과 같은 장치로 되어 있고 큰 거울의 중앙 부분만 크게 비쳤습니다. 나는 그대의 부재중에 목욕하는 사람의 나체 모습의 클로즈업된 것을 훔쳐본 적이 있습니다. 그리고 아마 그대로 그렇겠지만, 나는 그 꿈같이 섬뜩한 영상에 일종의 이상한 매력을 느꼈습니다. 그 뿐 아니라 만일 그 물밑처럼 고인 거울 면에 뭔가 이렇게 피를 보는 듯한 참혹한 광경이, 예를 들어 풍만한 나부(裸婦, 벌거벗은 여자)의 어깻죽지에 번쩍번쩍 빛나는 단도가 푹 찔려, 거기에서 새빨간 끈적끈적 피가 흘러내리는 광경 등이 비쳤다면 얼마나 아름다울 것인가 그런 공상마저 떠올렸습니다. 말할 필요도 없이 그것은 단지 변덕스러운 착상에 지나지 않는 것으로 아까 말한 또 하나의 돌발사건이 없었다면 그것을 내가 직접 실제로 행하려고도 하는 등의 맹랑한 일이었습니다.

그 날 밤 10시쯤 지나서였을까요? 여하튼 살인사건의 바로 전입니다만 이제 잠자리에 든 내 방으로 갑자기 초키치가 뛰어들어 왔습니다. 그리고 구석으로 움츠러들어 '숨겨 주세요. 숨겨 주세요.'라고 상기된 목소리로 부탁하는 것입니다. 보았더니 얼굴은 새파래지고 거친 호흡 때문에 어깨가 출렁거렸습니다. 너무 당돌한 일이라서 나는 어안이 벙벙해서 멍하니 있었는데 얼마 후 복도에 어수선한 발소리가 나더니 '초키치는 어디로 갔어?' 등과 같이 묻고 있는 소리도 들렸습니다. 목소리의 주인공은 아무래도 트렁크 두 사람 일행 중 한 사람인 것 같았습니다.

그리고 몹시 사방을 찾아다닌 것 같았는데 설마 초키치와 내가 어릴 적의 소꿉친구 사이로 내 방에 도망쳐 들어왔다고는 하녀도 상상도 못했을 것입니다. 트렁크 남자는 결국 아무 소득도 없이 되돌아간 것 같았습니다. 나는 뭐가 뭔지 전연 까닭을 알 수 없이 가까스로 안심되는지 방 한가운데에 나온 초키치를 붙잡고 어찌 됐든 간에 자세한 사정을 추궁했습니다. 그랬더니 초키치가 말하기를, 마침 그 날 밤도 바로 부잣집 젊은 주인인 마쓰무라 아무개가 연회석에 와 있었는데 술에 취한 나머지 너무 심한 말을 해서 초키치는 좌석에 더는 있을 수 없어 그 자리를 떠나 정처 없이 복도를 걸어 다니고 있었다고 하는데 지나는 길에 트렁크의 남자 방의 맹장지가 열려 있고 안에 아무도 없는 것을 보고 초키치는 문득 어떤 일을 생각해낸 것입니다. 그것은 알고 계시지요? 초키치는 여러 차례 트렁크 남자에게 불려갔는데 우연한 기회에 그 트렁크 속에 거금이 감추어져 있는 것을 알았습니다. 몇 만 엔일지도 모르는 빳빳한 지폐 다발이 들어 있는 것을 본 것입니다. '잠깐 기다려 주세요.' 말씀하시는 대로 이 가방 안에 있는 것이 바로 그 돈인데 어떻게 제 손에 들어왔는지 이제부터 차츰차츰 말씀 드리겠습니다.

초키치는 그 돈을 생각해내고 주위에 사람 없는 것을 보고 나쁜 생각이 생겼다고 합니다. 그 중에서 한 다발이나 두 다발이면 내일부터라도 자유의 몸이 되고 꼴 보기 싫은 마쓰무라의 독수로부터 도망칠 수 있다고 생각하자, 마쓰무라의 난폭한 행동 때문에 다소 흥분한 것이겠지요. 그녀는 별안간 방에 들어가서 트렁크를 열려고 했습니다. 그러나 물론 자물쇠가 채워져 있으니까 여자의 약한 힘으로 열릴 리가 없습니다. 그것을 그녀는 정말 정신없이 뚜껑의 구석 쪽을 무리하게 들어 올려 그 빈틈으로 손가락을 넣고 가까스로 수 십 장의 지폐를 꺼낼 수 있었습니다. 그러나 그런 일에 익숙하지 않은 그녀는 불과 한 다발의 지폐를 훔치는 데에 상당한 시간을 허비한 듯, 잠시 정신을 차렸을 때에는 어느 틈엔가 뒤에 트렁크 주인이 시퍼런 서슬을 하고 가로막아 서 있던 것입니다.

초키치가 내 방에 도망쳐 들어온 것은 뭐 그런 까닭 때문이었습니다. 그러나 이때 이상한 것은 트렁크 주인의 태도였습니다. 보통이라면 초키치의 행방을 알 수 없는 상황이 되면 당장 그 일을 여관 카운터를 통해 문초하게 해야 마땅합니다만 전혀 그런 기색이 없었습니다. 초키치가 너무 걱정하기에 나는 슬며시 트렁크 남자 방에 남의 눈을 피해 가서 상황을 보았는데 이상하게도 그들은 몹시 당황해서 출발 준비를 하고 있는 게 아닙니까? 이런 앞뒤가 안 맞는 이야기는 없습니다. 이것은 뭔가 그들에게도 비밀이 있음에 틀림없다고 생각했습니다. 초키치에게 돈을 도둑맞은 것을 화내는 것보다도 그녀에게 트렁크의 내용물이 알려진 것을 두려워하고 있는지도 모릅니다. 초키치가 봤다고 하는 엄청난 양의 지폐 다발, 게다가 그것을 트렁크 안에 넣고 가지고 다니는 것 등은 생각해 보면 이상한 것뿐입니다. 그들은 어쩌면 큰 도둑인지 그렇지 않으면 지폐 위조범이 아닐까 하고 당연히 나는 그렇게 생각했습니다.

 방에 돌아오자 초키치는 이제 살아도 소용없다고 생각할 정도의 절망적인 모습으로 쓰러져 울고 있습니다. 그리고 타고난 히스테리 발작을 일으켜서, 바로 그 '함께 죽자'는 말을 시작했습니다. 그것이 나까지도 아무리 해도 돌이킬 수 없고 몹시 궁지에 몰린 미친 듯한 기분을 만들고 말았습니다. 그래서 이 악몽 같은 기분에서 나는 갑자기 터무니없는 것을 생각해낸 것입니다. '그렇게까지 말한다면 죽여주겠다.' 나는 그렇게 말하고 초키치를 목욕탕으로 끌고 들어갔습니다. 불 때는 곳을 들여다보니 다행히 산조는 없었습니다. 거기 선반 위에는 그의 단도가 얹혀 있었습니다. (이것은 전부터 봐 두어서 알고 있었습니다.) 그래서 아시는 바와 같은 흉악한 범행이 벌어진 셈입니다."

34.

고노 "그런 때이지만 내게는 그 격정적이고 아름다운 광경을 그대에게 보여주고 싶은 기분이 있었습니다. 어쩌면 초키치를 놓아주는 것보다도 그것이 주된 동기였는지도 모릅니다. 그러나 마침 그때 그대가 안경을 들여다보고 있었는지 어떤지, 만일 들여다보고 있지 않았다고 하면 모처럼의 속임수가 아무런 보람도 없게 됩니다. 그래서 나는 더욱 현실적인 증거로서 미리 탈의실 마루방에 피를 흘려 두는 것을 생각해냈습니다. 하지만 이것도 정말 변덕스러운 속임수 느낌이 물씬 나는 한순간의 착상에 지나지 않았습니다.

나는 어떤 여행하는 곳에서 친구로부터 주사기를 선물 받았습니다. 내 습관상 그런 의료 기기 등에 뭐라 말할 수 없는 애착을 느낀 것이지요. 장난감처럼 늘 가지고 다니고 있었습니다. 그래서 그 주사기로 초키치의 팔과 내 팔에서 양쪽 합해 다완(茶碗)에 한 잔 정도의 피를 빼서 그것을 해면(海綿, 갯솜)으로 마루방에 처발랐던 것입니다. 연인의 피를 빼서 내 피와 섞는 극적인 생각이 나를 기고만장하게 만들고 말았습니다."

나 "하지만 단지 다완 하나에 가득 있는 피가 어떻게 그리도 많게 보였나요. 사람 한 명이 죽을 정도의 양으로 보였겠지요?"

나는 나도 모르게 고노의 말에 끼어들었습니다.

고노 "바로 그 점이에요."

고노는 다소 득의양양하게 대답했습니다.

고노 "그것은 그냥 닦아내는 것과 칠해서 퍼지게 하는 것의 차이입니다. 그 누구도 설마 피를 칠해서 퍼지게 한 사람이 있을 것이라고는 생각하지 않기 때문입니다. 닦아 냈다고 하면 그 정도의 흔적은 틀림없이 사람 한 명을 죽이기에 충분한 분량이에요. 그러나 진짜는 마치 닦아 낸 흔적처럼 보이려고 실은 가능한 한

넓게 그 부분 전체를 칠했습니다. 직업상 그림을 그리고 싶은 마음으로 기둥이나 벽의 날아 흩어지는 물방울까지 매우 공들여 끝까지 만들고 남은 것을 단도 끝에 쳐 발라서 바로 양철 상자에 넣어 두었습니다. 물론 초키치는 그 자리에서 놓아 주었습니다. 그녀로서는 도둑의 오명을 쓸지 자유의 몸이 될지의 운명의 갈림길이기 때문에 무서워하고 있을 계제가 아닙니다. 산을 타고 어둠을 틈타 Y도시와는 반대쪽으로 달렸습니다. 물론 정착할 곳은 확실히 상의해서 정해 두었습니다."

저는 너무나도 싱거운 사실에 다소 실망하지 않을 수 없었습니다. 그러나 의문은 이것으로 완전히 해소된 것일까요? 아니, 그것이 단순한 속임수였다고 하면 더욱 이해할 수 없는 점이 생깁니다. 저는 성급하게 물어보았습니다.

나 "그럼 그 사람을 태우는 냄새는 어디에서 왔나요? 또 산조는 어째서 변사하고 말았습니까? 그리고 그것이 왜 고노 씨의 책임인지 도무지 잘 모르겠어요."

고노는 침울한 표정으로 계속 말했습니다.

고노 "지금 말씀드리겠어요. 그리고 나머지는 그대도 대부분 아시는 대로입니다. 다행히 트렁크 남자는 상상한 대로 어떤 범죄자인 것 같아 밤사이 모습을 감추고 그렇게 찾아도 행방을 알 수 없어서 내 속임수가 한층 진짜처럼 보여, 피해자 초키지(長吉), 가해자 트렁크의 남자로 정해 버리고 경찰을 비롯해 전혀 의심하는 사람이 없었습니다. 그러나 사건의 장본인인 나로서는 소동이 커지면 커질수록 정말 걱정이 되어서 견딜 수가 없었습니다. 새삼스레 그것은 장난이었다고 자진해서 말할 수도 없고 그렇다고 해서 말을 안 하고 있으면 언제 트렁크 남자가 붙잡혀 진상을 폭로하지 않는다고도 할 수 없습니다. 한때의 우발적인 충동에 이끌려서 당치도 않은 일을 저지르고 말았다고 나는 얼마나 후회했는지 모릅니다. 그런 까닭에 초키치가 약속 장소에서 학수고대하고 있음에도 불구하고 거기에 갈 수가 없습니다. 사건이 어느 쪽으로 다 정리될 때까지는 도저히 호반정을 떠날 생각이 들지 않습니다. 최근 열흘간 겉으로는 태연한 체하면서도 내가 어떤 지옥을 맛보았는지 국외자는 도저히 상상할 수 없을 것입니다.

나는 탐정을 자처하며 그대와 함께 여러 가지 일을 했는데 실은 어디에서 내 속임수가 탄로될까 전전긍긍하며 그것을 기다리고 있던 셈입니다. 그러나 바로 그 들키지 않고 남을 들여다볼 수 있는 장치를 떼 내었을 때 갑자기 새로운 등장인물이 나타났습니다. 그 날 밤의 수상한 사람의 모습은 나는 일부러 감추고 있었지만 목욕탕 지기인 산조였습니다. 그가 여관 주인의 지갑을 떨어뜨리고 간 것은 전에도 말한 바와 같이 그의 도벽에서 볼 때 그다지 놀랄 만한 일도 아니지만 이상한 것은 안에 있던 오백 엔입니다. 주인은 자기 돈이라고 합니다. 그러나 아무래도 거동이 이상합니다. 그는 소문난 욕심쟁이 할아범이니까 믿을 수 없습니다. 그래서 산조가 이 사건과 관련해 뭔가 비밀을 쥐고 있음에 틀림없다고 점찍고 그를 따라다니며 탐정처럼 조사를 시작했습니다. 그리고 그 결과 놀랄 만한 사실을 발견했습니다.

35.

고노 "산조는 바로 그 큰 트렁크를 두 개 모두 어디에서 주워왔는지 불 때는 곳의 석탄 속에 감추고 있었습니다. 트렁크 남자들은 아마 안표가 되는 것을 두려워하여 트렁크를 산속에 숨기고 가까스로 도망친 것이겠지만 산조는 그것을 보고 있었는지도 모릅니다. 혹은 나중에 수풀 속에 삭정이를 모으러 갔을 때 우연히 발견했는지도 모릅니다. 여하튼 내용물인 엄청난 양의 지폐와 함께 그는 트렁크를 훔쳤던 것입니다. 이것으로 그 지폐 중의 오백 엔도 해석이 되는 셈이지요. 그러나 트렁크의 주인이 설령 위급한 때였다고 하더라도 그 거금을 아까워하지 않고 버리고 간 것은 약간 이상합니다. 역시 위조지폐였기 때문일까요? 그렇지 않으면 나중에 찾으러 올 심산으로 남의 눈에 띄지 않는 곳에 묻어두기라도 한 것일까요? 바로 그 큰바람이 분 밤에 회중전등으로 수풀 속을 찾아다녔던 남자는 어쩌면 그들의 명을 받고 트렁크를 찾으러 온 일당이었는지도 모릅니다.

사건은 점점 복잡해졌습니다. 어떻게 될지 전혀 짐작할 수 없었습니다. 내 무모한 장난이 이런 큰 사건이 되리라고는 전혀 예상 밖이라, 걱정은 더욱더 커질 뿐이었습니다. 그런데 4, 5일 전 경찰의 대규모 트렁크 수색이 시작될 무렵에는 산조도 자기 소행에 두려움을 갖기 시작했습니다. 그래서 그 유일한 증거품인 트렁크를 목욕탕 아궁이에서 태울 것을 생각해냈습니다. 사람들이 모두 잠들어 고요해졌을 때를 가늠하고 트렁크를 부수고는 조금씩 태워버렸습니다. 나는 실제로 그것을 빈틈으로 들여다보고 있었는데 설마 건너편 강가 마을까지 짐승 가죽의 냄새가 떠돌아 가리라고는 생각하지 않았습니다. 말할 필요도 없이 사람들이 이것을 사체를 태우는 냄새라고 착각한 것입니다. 나는 전에 외국에도 이것과 같은 사건이 있던 것을 들었습니다. 잘은 모르지만 시골 외딴집 굴뚝에서 맹렬히 검은 연기가 나고 화장터의 냄새가 나기 때문에 마을 사람이 떠들기 시작해서 꼭 사체를 태우는 것으로 생각하고 조사해 보았더니 어찌 생각이나 했겠는가? 헌 구두나 뭔가를 스토브에 처넣은 것을 알았습니다. 그 집 주인이 살인사건의 용의자였기 때문에 엉뚱한 소동이 벌어진 것이었습니다.

그러나 나는 그 당시 거기까지 생각할 겨를이 없었습니다. 그냥 정말 어찌할 바를 몰랐습니다. 만일 이 얼간이의 경솔한 행동 때문에 일의 진상이 탄로 나는 일이 있으면 안 된다고 그것을 먼저 걱정했습니다. 그래서 조금이라도 발각되는 것을 늦추는 의미에서 나는 산조를 도망시키려고 꾀를 만들었습니다. 경찰에서 그를 의심하기 시작한 것을 넌지시 암시하고 그가 두려워하게 만든 것입니다. 못된 사람이라고 하더라도 그것은 얼간이 짓입니다. 내 계획을 간파하기는커녕 트렁크를 훔쳤다는 것에서 당장 살인 용의까지 받을 것이라고 굳게 믿고, 마침 마을 순사가 나를 찾아온 날입니다. 그는 바로 그 지폐다발만을 보자기로 싸서 그의 고향인 깊은 산속으로 도망쳤습니다. 나는 계획이 감쪽같이 성공한 것을 기뻐하고 오히려 그를 호위하는 기분으로 그 뒤를 미행했습니다.

그러나 그 도중 그 잔도(栈道)가 있는 곳에서 뜻하지 않은 사건이 발생했습니다. 너무나도 길을 서두른 나머지 산조는 낭떠러지에서 미끄러져 떨어져 변사하고 말았던 것입니다. 나는 서둘러서 아래로 내려가서 간호해 보았지만 이미 소생할 기미가 없었습니다. 생각해 보니 불쌍한 남자입니다. 못된 사람이라고 해도 그것은 그의 백치와 마찬가지로 그 자신은 어떻게 할 수도 없는 타고난 것이겠지요. 그것을 내 이기적인 마음에서 도망을 권유한 탓으로 그는 더 살아 갈 수 있는 목숨을 허무하게 잃고 말았습니다. 나는 엄청난 죄를 저질은 생각이 들고 무참한 시신을 바로 볼 수 없어서 아무튼 보자기로 싼 지폐를 주워 갑작스러운 이변을 알리기 위해 여관으로 되돌아왔습니다. 그리고 어떤 묘안을 생각해냈습니다. '산조가 불쌍하다고는 하나, 이미 죽어 버린 사람이다. 만일 모든 죄를 그에게 덮어씌울 수 있다면 초키치는 영원히 죽은 사람으로 완전히 자유스러운 일생을 보낼 수가 있고 따라서 나도 처음 몽상한 것 같은 행복을 맛볼 수 있지 않을까? 그러기에 다행히 단도도 그렇고 손등의 선도 그렇고 산조의 평소 도벽도 그렇고 내게 좋은 상황이 다 구비되어 있다.' 그래서 나는 별안간 산조의 변사를 알리는 것을 중지하고, 그에게 죄를 떠넘기는 구실을 생각하기 시작했습니다. 때마침 그때 마을 순사가 그 냄새에 관해 알려주었습니다. 완전히 군세(軍勢) 배치가 완성되었습니다. 나는 순사와 그대 앞에서 생각해 둔 이유를 진술하면 되었습니다.

지폐는 언뜻 보기만 해서는 위조인지 어떤지 알 수 없습니다. 만일 진짜였다면 나는 일약 큰 부자가 될 수 있습니다. 그런 욕심에서 정말 부끄럽지만 그만 태워 버리는 것이 아까워져서 여하튼 가방 밑바닥에 넣어 두었던 것입니다. 그것을 그대에게 들키고 말아, 이대로 헤어져서는 예기치 않은 일로 그대 입에서 진상이 탄로되지 않는다고도 할 수 없어서 차라리 사실을 자백해 버리는 편이 안전하다고 생각했기에 이렇게 만류한 셈입니다. 즉 이 사건에는 범죄라고 할 만한 것은 하나도 없고 초키치의 히스테리와 나의 변덕에서 출발해서 몇 개나 되는 우연이 중첩되어 몹시 피비린내 나는 큰 범죄 같은 것이 완성되고 말았던 것입니다."

고노는 한숨을 쉬고 긴 이야기를 마쳤습니다. 나는 사건 이면에 있던 의외의 사실 때문에 말할 수도 없었습니다.

고노 "그런 연유이니 부디 이 사실은 그대의 마음속에 새겨 두고 아무에게도 이야기하지 말아 주세요. 만일 이것이 탄로 나서 원래의 고용주에게 되돌아가게 되는 일이 생기면 초키치는 틀림없이 살아 있지는 않을 것입니다. 나도 세상에 얼굴을 들 수 없게 됩니다. 부디 내 소원을 들어주세요. 아무에게도 이야기하지 않겠다고 맹세해 주세요."

나 "알겠습니다."

나는 고노의 태도에 이끌려 자못 침통한 어조로 대답했습니다.

나 "절대로 다른 사람에게 말하지 않겠습니다. 부디 안심하기 바랍니다. 그리고 한시라도 빨리 초키치가 있는 데로 가서 그 사람도 안심시켜 주세요. 나는 멀리서나마 두 분의 행복을 기원하겠습니다."

그리고 저는 일종의 감격을 느끼며 고노와 작별을 고했습니다. 고노는 제가 탈 기차가 출발하는 것을 감사의 마음을 담은 눈빛으로 오랫동안 전송해 주었습니다. 그 이후 저는 그들을 본 적이 없습니다. 고노와는 두세 번 편지를 주고받았지만 그들의 사랑이 어떤 결실을 맺었는지는 알 길이 없습니다. 그런데 최근 고노로부터 장문의 편지를 받았습니다. 그는 길게 저의 지난날의 호의에 사의를 표하고 나서 애인 초키치의 죽음을 알리고 그 자신도 친구 사업과 관련해서 남양(南洋)36) 어떤 섬으로 길을 떠나는 것을 알려 왔습니다. 그 편지에 의하면 그는 아마 다시 일본 땅을 밟는 일은 없을 것 같습니다. 이미 사건의 진상을 발표해도 무방한

---

36) 남양(南洋) : 일본에서는 남방 특히 열대 해역을 일반적으로 남양(南洋)이라고 총칭했는데, 특히 제1차 세계대전 이후, 국제연맹로부터 통치를 위임받은 구 독일령 마리아나 제도, 캐롤라인 제도, 마셜 제도를 남양제도(南洋諸島)라고 칭해서 이 해역을 가리켜 남양이라고 부르는 경우가 많았다.

시기가 도래된 것입니다.

독자 여러분, 이상으로 저의 지루한 이야기는 마지막을 고하겠습니다. 그 엄청난 양의 지폐가 진짜였는지 어떤지는 들을 기회가 없었지만 아마 위조지폐는 아니었던 것 같습니다. 단 하나 여기에 어떤 중요한 의문이 남아 있습니다.

저는 고노와 헤어지고 나서 날이 지남에 따라 심해지는 그 의문에 형용할 수 없는 고통을 느끼기 시작했습니다. 만일, 제 상상이 맞는다고 하면 저는 증오해야 할 살인자를 이유 없이 묵인한 셈이 됩니다. 하지만 지금은 아직도 그 의심을 확실히 말할 시기가 아닙니다. 고노는 살아 있습니다. 게다가 그는 국가를 위해 해외로 돈벌이를 하러 나가 있습니다. 수년 전에 죽어 버린 바보 산조 때문에 뭐가 좋다고 새삼스레 희생자를 낼 필요가 있겠습니까?

■ 역자 소개

• 이성규(李成圭)

(현)인하대학교 교수, 한국일본학회 고문, (전)KBS 일본어 강좌 「やさしい日本語」 진행, (전)한국일본학회 회장, 한국외국어대학교 일본어과 졸업, 일본 쓰쿠바(筑波)대학 대학원 문예·언어연구과(일본어학) 수학, 언어학박사(言語学博士)

전공 : 일본어학(일본어문법·일본어경어·일본어교육)

저서 : 『도쿄일본어』(1-5), 『현대일본어연구』(1-2)〈共著〉, 『仁荷日本語』(1-2)〈共著〉, 『홍익나가누마 일본어』(1-3)〈共著〉, 『홍익일본어독해』(1-2)〈共著〉, 『도쿄겐바일본어』(1-2), 『現代日本語敬語の研究』〈共著〉, 『日本語表現文法研究』1, 『클릭 일본어 속으로』〈共著〉, 『実用日本語』1〈共著〉, 『日本語 受動文 研究의 展開』1, 『도쿄실용일본어』〈共著〉, 『도쿄 비즈니스 일본어』1, 『日本語受動文の研究』, 『日本語 語彙論 구축을 위하여』, 『일본어 어휘』Ⅰ, 『日本語受動文 用例研究』(Ⅰ-Ⅲ), 『일본어 조동사 연구』(Ⅰ-Ⅲ)〈共著〉, 『일본어 문법연구 서설』, 『현대일본어 경어의 제문제』〈共著〉, 『현대일본어 문법연구』(Ⅰ-Ⅳ)〈共著〉, 『일본어 의뢰표현Ⅰ』, 『신판 생활일본어』, 『신판 비즈니스일본어』(1-2), 『개정판 현대일본어 문법연구』(Ⅰ-Ⅱ), 『일본어 구어역 마가복음의 언어학적 분석(Ⅰ-Ⅳ)』, 『일본어 구어역 요한복음의 언어학적 분석(Ⅰ-Ⅳ)』, 『일본어 구어역 요한묵시록의 언어학적 분석(Ⅰ-Ⅲ)』

역서 :
『은하철도의 밤(銀河鉄道の夜)』(미야자와 겐지)〈共譯〉, 『인생론 노트(人生論ノート)』(미키 기요시)〈共譯〉, 『두 번째 입맞춤(第二の接吻)』(기쿠치 간)〈共譯〉, 『음험한 짐승(陰獣)』(에도가와 란포)〈共譯〉, 『에도가와 란포 단편 추리소설Ⅰ』(에도가와 란포)〈共譯〉, 『고가 사부로 단편 추리소설』(고가 사부로)〈共譯〉, 『사카쿠치 안고 추리소설 명작Ⅰ』(사카구치 안고)〈共譯〉

수상 :
최우수교육상(인하대학교, 2003)
연구상(인하대학교, 2004, 2008)
서송한일학술상(서송한일학술상 운영위원회, 2008)
번역가상(사단법인 한국번역가협회, 2017)
학술연구상(인하대학교, 2018)

• 오현영(吳睍榮)

계명대학교 일어일문학과 졸업, 일본 쓰쿠바(筑波)대학 대학원 문예·언어연구과(응용언어학) 수학, 언어학박사(言語学博士)
(현) 연세대학교 학부대학 강사
전공 : 일본어학(일본어담화론·일본어교육·일본어통번역)
저서 : 『韓国人日本語学習者の初対面接触場面における自己開示の研究』(2022)
역서 : 두 번째 입맞춤(第二の接吻)』(기쿠치 간)〈공역〉(2022), 『음험한 짐승(陰獸)』(에도가와 란포)〈共譯〉, 『에도가와 란포 단편 추리소설 Ⅰ』(에도가와 란포)〈共譯〉, 『사가쿠치 안고 추리소설 명작 Ⅰ』(사카구치 안고)〈共譯〉
논문 : 「한국인 일본어학습자와 일본어 모어화자의 자기개시의 남녀차 -회화 데이터 분석으로부터-」일본어교육연구 Vol.99 (2022)
 「初対面会話における沈黙の男女差について」한국일본언어문화학회 Voo.56 (2021)
 「初対面会話における沈黙について― 韓国人日本語学習者と日本語母語話者の会話データを中心に―」한국일어일문학회 Vol. 117(2021)
 「自己開示と共起する「笑い」について― 韓国人日本語学習者と日本語母語話者の自然会話を対象に―」한국일본어문학회 Vol.87(2020)
 이외 다수.

초판인쇄	2022년 11월 21일
초판발행	2022년 11월 28일
옮긴이	이성규·오현영
발행인	권호순
발행처	시간의물레
주 소	경기도 파주시 숲속노을로 150, 708-701
전 화	031-945-3867
팩 스	031-945-3868
전자우편	timeofr@naver.com
홈페이지	http://www.mulretime.com
블로그	http://blog.naver.com/mulretime
ISBN	978-89-6511-411-6 (03830)
정 가	13,000원

* 잘못된 책은 바꾸어 드립니다.